Jean-Luc Marcastel

W0305278

LE SECRET D'ILYANA

Illustrations : Sophie Leullier

DIDIER JEUNESSE
Mon Marque-Page +

Pour toi, Louis, une fois encore,
mon doux petit géant.
Parce qu'il n'y a pas d'âge
pour aimer les belles histoires.

Pour toutes les Ilyana,
à qui je souhaite de trouver leur Cassandre.

À M. et Mme de Varax
dont la demeure magique
m'a servi de décor pour cette histoire.

À mes grands-parents et à mon père,
qui, en me racontant « leur guerre »,
me l'ont rendue plus humaine
et plus poignante.

Pour tous les enfants de ce monde
qui subissent les horreurs de la guerre
et la folie des adultes.

Chapitre 1

Sans réseau

19 septembre 2022

Chers abonnés,

En fait, je devrais dire chère moi, parce que personne ne va lire ce post pour l'instant. Je le garde pour plus tard ou pour jamais.

Ici Cassandre de Paris au fin fond du pays des vaches, dans un endroit tellement paumé que vous pouvez même pas l'imaginer. Je suis en train de vous écrire avec un stylo sur mon vieux carnet intime parce qu'ici, dans ce village perdu du Cantal (oui, oui, vous avez bien lu, le Cantal, comme le fromage) où il y a plus de vaches que d'habitants, il n'y a pas de réseau ! Ma grand-mère (que j'adore, mais quand même) a décidé que ça valait pas la peine.

Attendez, c'est pas tout : il n'y a même pas de télé !! Alors Netflix et Disney Channel, on oublie aussi.

Ici, il n'y a que des livres. (Vous savez, les trucs rectangulaires avec des pages.) Ma grand-mère n'écoute que la radio, et encore, seulement dix minutes par jour pour les infos et après la musique classique. Elle dit que c'est largement suffisant pour en apprendre déjà trop sur la méchanceté du monde et qu'elle est bien plus tranquille à ne rien savoir de ce qui se passe ailleurs que dans son bout de vallée et dans ses livres.

Résultat des courses : me voilà coincée ici, parce que mes parents se disputent en ce moment et qu'ils ont besoin « de faire le point entre adultes, ma chérie ». Alors hop ! Cassandre, tu vas aller deux semaines chez Mamie, dans le Cantal…

Bref, comme toujours, chère moi, tu as compris : quand les adultes partent en vrille, ce sont les enfants qui se retrouvent au fin fond du pays des vaches. Ça marche à tous les coups.

Bon, c'est vrai que ma grand-mère (je l'appelle Mamie Gisou) est géniale, elle fait plein de gâteaux délicieux et elle me lit des histoires. Elle m'apprend à dessiner et à peindre aussi, parce qu'elle est un peu (beaucoup) artiste.

Et puis y'a le feu de cheminée. Le soir, je vais m'allonger devant avec un carré de chocolat noir pour écouter Mamie Gisou me raconter des histoires, des drôles ou des qui font peur (je préfère celles qui font peur). Y'a les bûches qui craquent. Il fait bon. C'est trop chouette. C'est vrai que ça vaut toutes les télés du monde.

Mais y'a personne de mon âge, ni à la maison, ni au village, à part deux ou trois garçons qui n'ont comme passion que les tracteurs et la chasse, et des filles qui… Comment dire qu'on n'a rien en commun ? Si je venais de Mars, ce serait pareil.

Je m'ennuie.

Ah oui ! Et puis j'ai un exposé à faire pour la rentrée, un exposé sur la Shoah. J'avais pas le choix, c'était le dernier sujet qui restait. Moi, j'aurais préféré celui sur le Moyen Âge ou sur les réseaux sociaux, mais c'est Camille qui a tiré le bon papier. Je suis dégoûtée !

La Shoah, c'est vieux, et puis c'est pas drôle. Ça vend pas du rêve. Et en plus, j'ai pas de réseau. Je peux même pas aller sur Wikipédia. Je sais vraiment pas comment je vais faire.

Ça craint…

C'était Cassandre, votre héroïne, en direct du Cantal.

Cassandre poussa un soupir en relevant son stylo du carnet qu'elle était en train de noircir de son écriture ronde et appliquée.

Un cadeau de sa grand-mère, cette calligraphie. C'était elle qui, patiemment, lui avait appris à tracer les lettres, à faire de belles voyelles bien rondes et bien dodues, des *l* déliés.

Ses yeux se levèrent du carnet. Un beau carnet, avec un petit fermoir et une licorne sur la couverture. Pas une licorne comme celles trouvées dans le commerce, non, celle-là, c'était Mamie Gisou elle-même qui l'avait dessinée, comme elle avait confectionné tout le carnet. Un cadeau personnalisé pour les fois où Cassandre venait ici et où elle déciderait de ne plus utiliser sa «boîte à zinzin», comme elle appelait son smartphone.

Et il fallait bien avouer que, relevée par des petits brillants et des fausses pierres précieuses, elle en jetait, sa licorne, bien plus que toutes celles qu'elle avait vues dans les magasins. Cassandre l'adorait. Du coup, ça lui faisait moins de peine de remplacer son téléphone par son carnet… sauf que là, bien sûr, elle ne pouvait rien poster sur Insta pour partager avec ses copines. Elle devrait attendre.

Chapitre 1

Elle soupira une nouvelle fois. Ses yeux se portèrent sur la pièce qui l'entourait.

La maison, située à la sortie du village, en direction des montagnes, dans ce coin de vallée au bout de laquelle toutes les routes s'arrêtaient, était récente. Sa grand-mère en avait eu une plus ancienne, en grosses pierres grises, mais elle était trop éloignée et isolée. Ses parents, inquiets, l'avaient poussée à déménager pour se rapprocher du bourg, au cas où.

Ils avaient voulu l'installer en ville, dans un appartement, mais elle avait refusé catégoriquement. Si elle n'avait pas son jardin avec ses fleurs et sa petite tonnelle pour boire son thé (qu'elle prenait toujours avec un nuage de lait pour tremper son croquant de salers qu'elle cuisinait elle-même), c'était la fin du monde, du sien, en tout cas.

Bref, la maison était récente, mais tout ce qu'il y avait dedans était vieux (comme sa grand-mère qui venait de fêter ses quatre-vingt-dix ans mais ne les paraissait pas) : les meubles, la grande horloge dressée contre le mur, qui marquait le passage des heures de son *tic-tac* sonore. À chaque fois qu'elle revenait, Cassandre mettait un ou deux jours à se réhabituer à ce découpage du temps en tranches, à coups de balancier… elle trouvait un peu brutal ce bruit infernal qui martelait les heures, surtout les douze coups de minuit, deux fois, à cinq minutes d'intervalle ! Une vraie torture. Elle les attendait avec angoisse.

Au bout de deux jours, elle n'y prêtait plus attention. Ça faisait partie du charme de la maison et de ses vacances ici. Elle associait définitivement le Cantal au *tic-tac* d'une horloge… et à la truffade, ce plat inimitable avec pommes de terre et fromage, qui faisait de longs fils quand on le mangeait. Aussi délicieux que redoutable pour la ligne.

Il y avait aussi la grande armoire à double porte, qui montait jusqu'au plafond. Combien de fois s'y était-elle cachée, quand elle était petite fille, entre les vêtements qui sentaient le bois de cèdre et la lavande que sa grand-mère mettait pour éloigner les mites ?

Et bien sûr, il y avait les livres, plein de livres, rangés dans la grande bibliothèque qui occupait un des murs de la pièce, et les albums photos. Mamie Gisou avait plein d'albums photos. Elle en faisait depuis des années. Elle les confectionnait elle-même, avec du papier à dessin noir sur lequel elle collait ses clichés qu'elle commentait au crayon blanc… De véritables histoires, comme une bande dessinée qui racontait sa vie depuis ses vingt ans. Cassandre aimait beaucoup les feuilleter.

Mais pas aujourd'hui.

Aujourd'hui, elle pensait à son exposé.

Elle ne savait pas comment elle allait faire.

Elle se levait du long banc de bois sur lequel elle était assise quand la porte d'entrée s'ouvrit pour livrer le passage à la propriétaire des lieux, une petite fée toute ronde, sans excès, qu'on aurait cru sortie d'un dessin animé de Walt Disney,

– Pourquoi restes-tu enfermée, ma Filloute ? Il fait si beau et si bon dehors. Tu serais mieux dans le jardin, à prendre l'air.

La température : voilà encore une chose sur laquelle sa grand-mère et elle différaient. Cassandre, comme toute Parisienne normalement constituée, avait l'habitude de températures raisonnables, mais sa grand-mère, elle, en bonne « Cantalouse », avait une appréciation toute personnelle de la chaleur et du froid. Surtout du froid. Pour elle, – 1 °C le matin, c'était juste « vivifiant ».

La bouffée d'air frais qui entra dans la pièce, en cette fin d'après-midi d'automne, la saisit aux jambes.

– Je peux pas, Mamie, j'ai un exposé à préparer pour la rentrée, répondit-elle aussitôt.

La bonne excuse.

– Un exposé ? releva sa grand-mère en posant sur elle son regard pétillant. Un exposé sur quoi ?

– Sur la Shoah, la renseigna Cassandre avec une grimace évocatrice.

Elle avait prononcé le mot d'une étrange manière, comme s'il allait lui exploser en bouche.

Sa grand-mère qui, chargée de bûches, traversait la pièce, acquiesça :

– La Shoah ? Ah oui, c'est important comme sujet.

– C'est vieux ! répliqua aussitôt Cassandre. Ça remonte au moins au siècle dernier.

Elle s'était levée et avait pris deux bûches à sa grand-mère pour aller les poser près de la cheminée, avec les autres.

– C'est vieux comme moi. (Un sourire étira les lèvres de Mamie Gisou, dans son visage doux et rond, comme une belle pomme mûrie dans le bonheur et la sérénité.) Mais ce n'est pas pour ça que ça n'est pas important. Tu sais Cassandre, il y a des choses qu'il ne faut pas oublier… ajouta-t-elle en rangeant les deux bûches restantes sur celles de Cassandre. Merci ma Filloute, c'est gentil.

Cassandre allait rejoindre son banc quand sa grand-mère saisit une photo sur la cheminée, une vieille photo en noir et blanc parmi les autres, à laquelle Cassandre n'avait jamais vraiment prêté attention.

– Regarde.

Cassandre observa le papier jauni, visiblement très ancien, enfin, autant que sa grand-mère, pour découvrir…

– Eh ! On dirait que c'est moi !

On lui avait toujours dit qu'elles se ressemblaient beaucoup, sa grand-mère et elle, et c'était vrai. Sur les photos qu'elle avait déjà vues, la similitude était troublante au même âge, mais là…

Deux jeunes filles lui faisaient face, souriantes, dans des vêtements d'une autre époque : chemisier blanc, jupes aux genoux et hautes chaussettes, la main dans la main. Celle de gauche, la brune, était vraiment son sosie.

– C'est toi ? demanda Cassandre.

Sa grand-mère hocha la tête.

– C'est incroyable comme tu me ressembles, remarqua Cassandre.

– Tu m'excuseras, ma Filloute, mais c'est plutôt l'inverse, releva sa grand-mère. Le modèle original, c'est moi… J'ai quand même soixante-dix-huit ans d'avance.

Cassandre sourit avant de fixer la deuxième jeune fille présente sur la photo : blonde, avec des yeux clairs, légèrement plus grande qu'elle, des cheveux très pâles et un beau visage fin comme celui d'une elfe.

– Et elle, c'est qui ? Une de tes amies ?

Sa grand-mère secoua la tête :

– Non, je ne la connaissais pas. Et le plus fort, c'est que je ne me rappelle même pas à quelle occasion a été prise cette photo. Je suis vieille, mes souvenirs ne sont plus ce qu'ils étaient, mais je l'ai montrée à d'autres personnes, au village, et certains ont reconnu cette jeune fille. C'était une petite Juive polonaise qui se cachait au château avec son père. Ils ont été raflés par les Allemands à la fin de la guerre… C'est bien triste.

Elle avait ajouté ces derniers mots avec une expression chagrinée.

– Le château ? releva Cassandre qui n'avait pas vraiment écouté la fin de sa phrase. Tu veux parler de celui qui se trouve plus haut dans la vallée ?

– Oui, répondit sa grand-mère. Le château de Sedaiges. C'est là qu'a été prise cette photo. (Elle parut réfléchir un instant avant d'ajouter :) C'est cette année-là aussi qu'il y a eu cette histoire de dame blanche.

– De dame blanche ? répéta Cassandre.

Si la Shoah l'intéressait peu, les histoires de fantômes, en revanche, l'avaient toujours passionnée.

– Oui, répondit sa grand-mère, les yeux dans le vague, comme si elle s'éloignait dans l'espace et le temps. Cette année-là on a parlé d'une dame blanche qui serait apparue plusieurs fois, juste avant que les Allemands… (Elle se tut, se retourna, scruta la pièce du regard.) Cassandre ? appela-t-elle. Cassandre ?

Mais Cassandre avait disparu. La porte d'entrée se refermait.

– Cette petite a vraiment la bougeotte, constata la grand-mère avant d'ajouter, avec un sourire : Enfin, j'ai trouvé un moyen de la faire sortir.

D'un geste précautionneux, elle reposa le cadre sur le linteau de la cheminée.

– Je me demande bien qui tu étais, murmura-t-elle en observant le cliché dont elle ne gardait aucun souvenir.

Sur le papier jauni, les deux jeunes filles, figées dans le temps, main dans la main, lui souriaient.

Chapitre 2

La dame blanche

Cassandre, à travers les buissons, observait le château.

À peine sa grand-mère avait-elle prononcé les mots «dame blanche» qu'avec sa réactivité habituelle, elle s'était levée, avait attrapé son blouson et filé dehors où elle avait pris son vélo posé contre le mur. C'était un beau vélo tout neuf que lui avaient offert ses parents avant de l'envoyer ici, histoire de mieux faire passer la pilule, le genre de VTT à pouvoir passer dans tous les chemins de la région, même les plus caillouteux. Ça faisait des mois qu'elle en demandait un. Pour le coup, ils ne s'étaient pas moqués d'elle, même si elle aurait préféré l'obtenir dans d'autres circonstances.

Chapitre 2

Ni une ni deux, elle avait suivi le chemin, puis la petite route qui traversait la cité résidentielle, avait tourné le dos au village pour emprunter la départementale qui remontait vers le fond de la vallée, les montagnes, les deux ou trois fermes accrochées aux pentes… et le château.

En cet après-midi d'automne, alors que le soleil déclinait déjà, la vallée s'habillait de mille couleurs plus chatoyantes les unes que les autres, les ors se mêlant au vert et au carmin. Les bois ressemblaient à une véritable tapisserie aux motifs complexes.

Là-bas, sur un promontoire, le château, imposante forteresse d'un autre âge, se dressait hors des bois, sa silhouette de pierre sombre légèrement teintée de roux et de vert.

On l'aurait tout à fait cru tiré d'un roman de chevalerie. À le regarder, on n'avait aucun mal à imaginer mille contes dont les héros en armure partaient combattre quelque dragon maléfique tapi au fond d'une sinistre grotte pour sauver une demoiselle en péril.

Ou plutôt, car Cassandre avait beaucoup d'imagination et ne se voyait pas dans le rôle d'une damoiselle terrifiée, quelque jeune héroïne courageuse désireuse de devenir chevaleresse qui aurait pris l'épée de son père et son armure et, se faisant passer pour un homme, serait allée occire le dragon pour revenir couverte de gloire. Cela lui convenait mieux. Et si un méchant chevalier noir s'était dressé devant elle, elle aurait su le renvoyer d'où il venait comme une vieille boîte de conserve cabossée.

C'est avec ces pensées en tête qu'elle avait emprunté le petit chemin en pente raide qui s'enfonçait dans les sous-bois pour monter, après quelques lacets, jusqu'à la forteresse.

Elle avait forcé sur les pédales, sans jamais mettre pied à terre, à sa grande fierté (il faut dire qu'avec le nombre de vitesses et de plateaux qu'elle avait sur cet engin, ça en devenait presque facile par rapport à son ancien vélo), et ne s'était arrêtée qu'un peu avant l'entrée du portail.

Là, elle avait dissimulé sa monture mécanique derrière un buisson, et, à pas de loup, s'était approchée de la propriété.

À travers les branches des arbres, elle avait deviné la masse imposante de la bâtisse qui s'élevait à une cinquantaine de mètres d'elle. Ses murs percés de hautes fenêtres étaient en partie recouverts d'une vigne vierge qui, en cette saison, virait du vert au rouge et donnait au bâtiment comme une étrange parure.

Sa grand-mère lui avait un jour expliqué que le château avait été rénové après l'incendie qui l'avait en partie ravagé à la fin de la guerre. Le propriétaire, le comte d'Aigueperse, en avait profité pour faire agrandir les fenêtres et rendre la forteresse un peu plus habitable pour des gens du XXe siècle.

Le comte était décédé voici quelques années, mais la comtesse habitait encore la demeure. D'après sa grand-mère, c'était une très gentille dame que tout le monde appréciait au village, qui ne manquait jamais de lui dire bonjour et de lui demander de ses nouvelles et de celle de ses enfants, et même de Cassandre.

Cassandre croyait l'avoir déjà vue, une fois, au petit marché du village, et en gardait le souvenir d'une personne distinguée et gentille qui lui avait fait un grand sourire. Elle l'avait regardée comme si elle avait été la septième merveille du monde.

C'est cette même vieille dame qu'elle apercevait maintenant à travers les arbres. En blouse de travail, elle semblait aider une autre femme, d'une vingtaine d'années, blonde et athlétique, à transporter un long tuyau qu'elle déroulait depuis un gros 4 × 4 au hayon ouvert.

– Mamie ! protestait justement la jeune femme. Laisse ça tranquille. Ce n'est pas raisonnable.

– Comment ça, pas raisonnable ? répondit aussitôt la comtesse. Si je ne peux même pas aider ma petite-fille…

– Mamie ! soupira la plus jeune. Tu as quatre-vingt-douze ans !

Quatre-vingt-douze ans, nota Cassandre. C'était l'âge de sa grand-mère.

– Et alors ? releva la comtesse sans lâcher son câble pour autant. C'est si grave que ça ?

– Tu es impossible !

Elles disparurent toutes les deux dans une des tours du château dont la lourde porte était ouverte, mais pas avant que Cassandre n'entende la vieille dame demander :

– Tu crois que la machine va fonctionner, cette fois ?

La jeune répondit :

– J'espère. La dernière fois, on a failli réussir. Si je ne m'étais pas trompée dans mes calculs, je serais réapparue dans…

Cassandre, cachée derrière le mur d'une des dépendances du château, n'avait pu entendre la suite de la phrase, mais ce qu'elle avait surpris avait piqué sa curiosité.

Réapparue ? Que voulait-elle dire ? Et de quelle machine parlait-elle ?

Elle avait lancé un regard autour d'elle.

L'après-midi tirait à sa fin. Un soir d'automne tombait déjà sur la vallée, l'ombre des montagnes grignotait les pentes alors que le soleil se cachait de l'autre côté.

Elle aurait dû rentrer, ça aurait été la sagesse…

Mais sagesse et jeunesse ne vont pas toujours de pair et Cassandre était dévorée par la curiosité.

C'est donc avec la certitude qu'elle faisait une bêtise, mais incapable de se retenir, qu'elle sortit de sa cachette pour traverser la cour et se glisser dans la tour en suivant les câbles.

Un escalier de pierre montait en colimaçon vers les étages d'un côté et descendait dans les sous-sols de l'autre.

C'est de là que provenait la voix de la comtesse :

– Et cette fois… Tu es sûre de tes calculs ? Je ne veux pas que tu prennes de risques inconsidérés. Ton arrière-grand-père n'aurait jamais voulu que…

Il y avait un étrange bruit au sous-sol. Alors que Cassandre s'engageait dans l'escalier, lui parvenaient une sorte de sifflement aigu ainsi qu'une vive lumière…

– Ne t'inquiète pas, j'ai parfaitement calculé la charge tachyonique et le déplacement quantique, normalement tout devrait bien se passer.

Chapitre 2

Charge tachyonique… déplacement quantique… Qu'est-ce que cela voulait dire ?

De plus en plus intriguée, Cassandre progressa jusqu'au sous-sol. Sur sa gauche s'ouvrait une pièce ronde, d'où provenait l'intrigante lumière.

Il y avait des caisses ouvertes et tout un fatras d'appareils compliqués en équilibre. Elle s'approcha, se pencha.

Le bruit montait encore dans les aigus, pénible à présent.

– Il m'a toujours dit que c'était très dangereux et aléatoire, que… commença la comtesse.

– Pas avec les ordinateurs dont je dispose, Mamie. Il lui aurait fallu des années, il y a encore dix ans, pour calculer ce qu'ils viennent de faire en deux minutes. Je peux me raccorder au flux temporel de sa machine, j'en suis sûre.

Le flux temporel. De quoi parlait-elle ?

Collée contre une des caisses, elle se pencha pour découvrir ce qui se trouvait dans la pièce.

Ses yeux s'écarquillèrent.

Dans la salle souterraine aux murs de pierre s'élevait une étrange machine, de facture visiblement ancienne, constituée d'un socle surmonté de curieux anneaux qui tournaient chacun en sens inverse l'un de l'autre. Au centre, revêtue d'une étonnante combinaison blanche qui la moulait comme une seconde peau miroitante, se tenait la jeune femme blonde. La rotation des cercles s'accélérait. Une étrange lueur commença à monter de l'appareil à mesure que le son s'amplifiait.

– Mamie, tu ne devrais pas rester là.

La jeune femme lui tournait le dos. Cassandre observait, fascinée, les mouvements des anneaux, de plus en plus rapides autour de sa silhouette pâle.

La comtesse se retourna et ses yeux se posèrent pile… sur Cassandre.

Un instant, leurs regards se croisèrent, et Cassandre lut, dans celui de la vieille femme, de la surprise et… autre chose… un sentiment étrange qu'elle ne parvint pas à définir.

Elle n'attendit pas de comprendre. Tournant les talons, elle se mit à gravir les marches quatre à quatre.

Chapitre 2

Elle crut entendre un cri, ou un ordre, mais elle n'était pas sûre.

Alors que le sifflement la suivait jusque dans la cour, elle jaillit dans la fraîcheur du soir, traversa le bosquet sans ralentir, se griffant le visage avec les branches basses, retrouva son vélo dans le buisson où elle l'avait dissimulé. L'enfourchant sans attendre, elle pédala dans le sentier vers la route principale, de toute la vitesse de ses jambes.

Que craignait-elle ? Elle n'en avait aucune idée, mais le sifflement bizarre de la machine était à présent perceptible depuis le chemin et elle n'avait aucune envie de se trouver là quand « l'expérience » de la jeune femme arriverait à son terme. Peut-être avait-elle surpris quelque chose de top-secret et allait-on l'enlever pour qu'elle ne divulgue jamais ce qu'elle avait aperçu…

Elle en était là de ses pensées agitées, dévalant le chemin dans la nuit du sous-bois, quand…

Ce ne fut d'abord qu'un étrange point de lumière. Elle crut au phare d'une moto arrivée face à elle, mais cela se développa, s'agrandit jusqu'à prendre la taille d'une silhouette humaine. Oui, c'était la silhouette blanche d'une femme, auréolée de lumière, qui se tenait juste devant elle, au beau milieu de la route. Une apparition, un fantôme…

La silhouette leva les bras, comme pour se protéger de l'impact, alors que Cassandre se ruait sur elle, les freins bloqués.

Mais elle ne la toucha jamais… elle la traversa.

Chapitre 2

Son vélo dérapa. Elle eut une sensation fulgurante, comme si elle tombait dans le vide, de très haut. Une envie de vomir monta à sa gorge, juste avant que la lumière ne cesse, qu'elle reprenne contact avec la réalité et qu'un son ne s'élève droit devant elle, un son de corne.

Elle entrevit, l'espace d'une seconde, l'avant d'une grosse voiture.

Elle eut à peine le temps de la distinguer, mais, en un instant d'éternité, elle se fit la réflexion qu'on aurait dit une de ces voitures anciennes qu'on voyait parfois dans les vieux films d'archives ou ceux se déroulant au début du XXe siècle…

Son vélo heurta la calandre, fit un soleil, avant de tomber dans l'herbe, sur le bord du chemin. Elle perdit connaissance.

Chapitre 3

Étrange réveil

– Oooh ! Ma tête !

Ce furent les premières paroles que prononça Cassandre quand elle reprit pied dans la réalité, avec l'impression d'être dans un mauvais film dont l'héroïne se serait retrouvée… retrouvée où, au juste ?

Elle ouvrit les yeux.

La douleur, dans son crâne, explosa alors que la lumière du jour, chaude, franche, presque brutale, l'agressait.

Le temps que ses pupilles s'adaptent à cette orgie de clarté, elle essaya de remettre un peu d'ordre dans ses pensées.

Chapitre 3

Elle se souvenait de l'étrange machine, dans le sous-sol de la tour, de son inquiétant sifflement, de la comtesse qui la fixait de ce curieux regard, de sa course, de son vélo qui dévalait la pente raide « à tombeau ouvert », comme aurait dit sa grand-mère.

C'est là que tout devenait confus… Il lui semblait avoir été prise dans un tourbillon, comme si la route, devant elle, lui était apparue à travers un prisme. Puis la forme d'une femme, blanche, avait levé les mains comme pour se protéger, juste avant qu'elle ne la traverse pour percuter cette voiture d'un autre temps, une de ces tractions qu'elle avait vues, parfois, dans des films sur la Seconde Guerre mondiale…

Le conducteur, un homme à casquette et longue moustache, aussi surpris qu'elle, avait lancé un coup de trompe qui tenait plus du barrissement que du klaxon. Il avait freiné, mais pas assez vite pour qu'elle évite l'impact.

Elle palpa son crâne avec précaution, craignant ce qu'elle allait trouver sous ses doigts : une plaie, une bosse magistrale.

Mais rien… Elle avait seulement les cervicales endolories, c'était tout.

Une chance que j'aie la tête dure. Sa mère disait souvent d'elle qu'elle était un vrai caillou. Pour le coup, et à son grand soulagement, elle devait lui donner raison.

Elle inspira profondément.

Une ou deux petites douleurs, plus sourdes, au niveau des coudes et des jambes, lui apprirent, sans surprise, qu'elle devait avoir quelques bleus, ce dont elle eut confirmation en levant les bras.

Des bras nus.

Elle prit alors conscience qu'elle était en sous-vêtements, allongée dans un lit qui n'était pas le sien et que…

Elle jeta un regard paniqué autour d'elle pour découvrir une chambre spacieuse, même si l'ameublement se réduisait à une grande armoire, un coffre et un fauteuil sur lequel reposaient des habits qui n'étaient pas les siens.

Les murs étaient recouverts d'une tapisserie comme on en trouvait dans les très vieilles maisons.

Une haute fenêtre s'ouvrait à sa droite. Une lourde porte en bois perçait le mur à sa gauche.

Où se trouvait-elle ?

Sans attendre une seconde, elle rejeta les couvertures, se leva… et regretta son geste précipité quand la douleur, dans son crâne, de lancinante, redevint un instant aiguë, avant de refluer.

Elle chercha son jean et son tee-shirt, mais, ne les trouvant pas, finit par porter les yeux sur les vêtements pliés sur le fauteuil.

Des vêtements de fille, c'était une évidence, mais pas ceux d'une fille du début du XXIe siècle… Celui ou celle qui les avait posés là avait au moins cinquante ans de retard, et encore…

Mais elle n'allait pas rester en slip et en débardeur pour sortir d'ici.

Elle enfila donc la jupe droite qui lui arrivait à mi-mollets ainsi que le petit chemisier qui l'accompagnait.

Quand elle se retourna, pour observer son reflet dans le miroir accroché à une des portes de l'armoire, elle demeura un instant pétrifiée, tant

elle eut l'impression de rencontrer le sosie de sa grand-mère sur cette photo posée sur le linteau de la cheminée.

Elle secoua la tête.

Grand-mère... Il fallait à tout prix qu'elle sorte d'ici et rentre chez elle.

Mais où était cet «ici»?

Elle franchit la distance qui la séparait de la fenêtre pour découvrir qu'elle se trouvait en hauteur, au-dessus, très au-dessus, d'une grande cour, une cour qu'elle reconnut aussitôt pour l'avoir vue pas plus tard que le soir précédent.

C'était celle du château.

Elle était donc dans une des chambres de la forteresse.

Elle comprenait mieux.

Quand elle avait perdu connaissance, le conducteur de la voiture, quel qu'il fût, avait dû la ramasser et l'amener, inconsciente, ici.

Ses vêtements ayant dû se déchirer dans la chute, on l'avait déshabillée et allongée après avoir nettoyé ses plaies.

Mais pourquoi ne pas avoir appelé le Samu ou l'hôpital, et sa grand-mère ?

C'était vraiment bizarre.

Alors qu'elle observait l'extérieur, quelque chose la troubla.

Où était passé le gros 4 × 4 qui était garé la veille dans la cour ? Et surtout les câbles qu'elle avait suivis ? Ils paraissaient avoir disparu. Les bâtiments eux-mêmes, elle n'aurait su dire exactement pourquoi, lui semblaient, eux aussi, différents. Peut-être était-ce son imagination, mais elle avait l'impression que le château possédait plus de fenêtres la veille au soir…

Son regard s'arrêta enfin sur un objet familier et rassurant : son VTT, posé contre un des murs de la cour en compagnie de trois autres vélos.

Il ne paraissait pas avoir souffert du choc. C'était déjà un soulagement. Elle pourrait s'en servir pour décamper… si elle parvenait à le récupérer.

Elle s'attarda un instant sur les trois autres bicyclettes, car c'était bien le mot qui convenait. Comme les habits qu'on lui avait laissés, elles semblaient dater du siècle dernier, avec leur cadre archaïque, leur dérailleur qui devait au plus compter trois vitesses. Elle se demanda comment on pouvait monter le chemin avec des engins pareils.

Mais il y avait plus urgent. Elle devait s'en aller d'ici et retourner chez sa grand-mère, et pour ça…

Elle fit le tour de la pièce, cherchant, cherchant.

– Non ! C'est abuser ! geignit-elle.

Devant le fauteuil se trouvait une paire de chaussures de cuir à petits talons, le genre de celles que sa cousine portait le jour de sa communion.

Elle n'allait pas sortir pieds nus.

Ce fut donc avec un réel déplaisir, et en grognant, qu'elle enfila ces souliers de petite fille modèle.

Si une de ses amies l'avait vue, elle serait morte de honte.

Évitant de se regarder dans le miroir, elle s'avança vers la porte, tendit la main vers la poignée, hésita.

Et si elle était verrouillée ? Si on l'avait enfermée ?

Elle saisit le laiton, força.

La porte s'ouvrit sans résistance pour lui dévoiler un couloir au parquet de bois roux.

Elle était libre… Enfin, presque.

Le couloir, tendu de tapisserie rouge à bandes blanches, s'étirait à sa gauche jusqu'à ce qui semblait être un escalier en colimaçon comme celui qu'elle avait emprunté pour descendre dans les profondeurs de la tour.

Sans attendre, craignant à chaque instant d'entendre une voix la rappeler à l'ordre, elle fila vers la gauche, tentant d'apprivoiser ces maudites chaussures qui lui faisaient déjà mal aux pieds.

Elle dévala les marches de pierre aussi vite que le lui permettait cette jupe qui entravait ses mouvements. Après avoir franchi deux paliers encombrés de meubles vieillots, elle atteignit enfin le hall. Une agréable brise entrait par la porte principale. Elle allait la franchir quand une pétarade et un grand bruit de corne l'arrêtèrent.

La seconde d'après, la grosse traction qu'elle avait heurtée la nuit précédente faisait irruption dans la cour.

C'était une très belle voiture, du genre qu'on ne trouvait que chez les collectionneurs ou dans les films. Son conducteur, avec ses longues moustaches gominées, son costume, son gilet et sa casquette, était totalement en accord avec son engin.

À peine était-il sorti de son véhicule que de la tour nord, celle où Cassandre avait découvert la machine, surgissait un second homme, aussi blond que l'autre était brun, avec des lunettes rondes.

– Monsieur le comte ! s'exclama-t-il avec un accent que Cassandre jugea venir des pays de l'Est. Alors ?

– Sol, combien de fois devrai-je vous dire de m'appeler simplement Hubert ? Et oui, c'est bien ce que nous pensions. Cette petite ne vient pas du village, enfin, pas de celui-là. Elle vient de là-bas.

Une «petite»… Il ne fallait pas être bien malin pour deviner qu'il parlait d'elle. Mais que voulait-il dire par: «Elle ne vient pas du village»? Parce qu'elle était de Paris?

– C'est impossible, répondit le petit homme blond. Je suis sûr que…

– Mais si, c'est possible, Sol. Ça veut dire que votre invention marche, que vous avez réussi à…

De plus en plus perdue, Cassandre suivait le dialogue entre les deux inconnus, alors que le petit secouait la tête.

– Non… Non Hubert. Ou alors… Il faudrait qu'une autre machine… là-bas…

Mais Cassandre n'écoutait plus.

Car juste derrière l'homme à lunettes, une jeune fille venait de surgir, une jeune fille habillée quasiment comme elle, blonde, fine et belle comme une elfe, aux immenses yeux bleus. Une jeune fille que Cassandre reconnut aussitôt: celle de la photo posée sur la cheminée de sa grand-mère.

Sous le choc, elle n'eut pas le temps d'entendre une autre personne surgir derrière elle avant qu'une voix surprise ne s'élève :

– Eh toi ! Tu es debout ?

Cassandre se retourna. Un garçon de son âge, grand et costaud, ressemblant étrangement à l'automobiliste, l'observait d'un air aussi étonné qu'elle.

Il y eut un instant suspendu… où tous les occupants de la cour fixèrent Cassandre comme une apparition. Profitant de leur saisissement, elle bondit vers son vélo, l'enfourcha tant bien que mal avec cette satanée robe, et se mit à pédaler frénétiquement vers le portail.

Elle entendit la voix distinguée de l'automobiliste qui la rappelait, ainsi que celle du garçon qui paraissait s'être lancé à sa suite. Mais, moulinant comme jamais, elle avait déjà franchi la grille et dévalait à nouveau le chemin en direction du village.

Chapitre 4

Perdue dans le temps !

En casse-cou et garçon manqué qu'elle était, Cassandre avait déjà descendu de nombreuses pentes à toute vitesse. Une fois, elle s'était même envolée dans un champ après avoir raté un tournant, mais jamais elle n'en avait dévalé aussi rapidement qu'aujourd'hui…

C'est par pur réflexe qu'elle négocia le second virage en épingle à cheveux où elle faillit renouveler son exploit de jeunesse. Elle repartit en tanguant d'un côté à l'autre avant de se stabiliser et de descendre à nouveau le chemin qui filait vers la départementale. Il lui avait semblé boueux quand elle était montée la veille, après deux jours de pluie, mais il était maintenant étonnamment sec.

Était-elle restée inconsciente plus longtemps qu'elle ne l'avait pensé ?

Un nouveau mystère à ajouter aux autres.

Pour commencer, cette étrange machine, dans la pièce, sous la tour. Puis cette jeune femme avec sa combinaison bizarre, cette apparition sur la route, cette impression de tomber, sa collision avec la voiture de collection, son réveil au château. Ce château qui lui semblait subtilement différent de celui qu'elle connaissait…

Et pour finir, cette jeune fille de son âge qui était sortie dans la cour, cette jeune fille qui ressemblait trait pour trait à celle de la photo…

Se pouvait-il qu'elle soit, comme elle-même, la petite-fille de celle qui se trouvait sur ce cliché ? Cela paraissait improbable, mais que penser d'autre ?

De toute manière, elle devait absolument retourner chez sa grand-mère pour réfléchir à tête reposée. La pauvre devait être morte d'inquiétude. Cassandre s'étonnait de ne pas avoir vu la police débarquer au château pour demander si on ne l'avait pas aperçue. Elle en était presque déçue.

À moins que le propriétaire du domaine n'ait prévenu personne de l'accident. Peut-être était-ce même pour ça qu'ils avaient essayé de la retenir ?

Elle jeta un regard en arrière pour s'assurer qu'on ne la suivait pas.

Personne.

Rassérénée, elle n'en pédala pas moins fort pour mettre le plus de distance possible entre elle et ces gens étranges. La dame en blanc qui contrôlait la machine avait parlé de « tachyon », ou un truc comme ça. Le mot lui disait vaguement quelque chose, mais…

Si seulement elle avait Internet ! Elle aurait bien regardé si elle avait du réseau et essayé d'appeler sa grand-mère, mais pour ça, il aurait fallu s'arrêter, et elle n'en avait pour l'instant aucunement l'intention, pas avant d'être bien en vue des gens du village.

Et d'ailleurs, en parlant du village…

Après la dernière pente raide, celle qu'elle avait eu du mal à monter à l'aller, elle évita une grosse racine glissante et déboucha sur la départementale d'où elle eut enfin une vue dégagée.

Elle pila, dérapant sur le gravier, au risque de basculer.

Plantée au milieu de la route, elle demeura immobile, les yeux fixés sur ce qu'elle venait de découvrir… et qui n'avait aucun sens.

C'était la vallée de Marmanhac, il n'y avait aucun doute. Elle reconnaissait les montagnes, la rivière, jusqu'aux grands cierges de rochers qui tapissaient les pentes. Mais le village avait changé.

La moitié des bâtiments, dont les maisons de la cité qu'habitait sa grand-mère, étaient absents.

Là où auraient dû se trouver les petits pavillons modernes à un ou deux étages ne s'étendaient… que des champs où broutaient paisiblement les vaches rouges de Salers.

C'était impossible !

Ce n'était pas la seule fausse note : la supérette qu'elle fréquentait, à l'entrée du village, avait, elle aussi, disparu… comme si elle n'avait jamais existé ! Ou plutôt, commença-t-elle à soupçonner, n'avait pas encore été construite.

Non ! Non, c'était impossible ! Comment ?

Alors même que cette pensée insensée s'imposait à elle, malgré tous ses efforts pour la repousser, un autre détail, qui lui avait jusqu'alors échappé, lui sauta aux yeux.

Elle était montée au château à travers des forêts parées des couleurs de l'automne, or, rouge et vert, dont les feuilles arrachées aux branches par les doigts invisibles du vent voletaient dans la bise glaciale. Et elle revenait le lendemain sous un ciel d'été, dans une brise chaude, face à une nature luxuriante en débordement de verdure.

C'était incompréhensible.

Elle ne pouvait quand même pas être restée inconsciente jusqu'au retour de l'été ?

C'est à cet instant qu'elle remarqua la petite cabane, à l'entrée du village, avec une barrière qui s'abaissait. Les deux silhouettes qui se tenaient devant brandissaient des objets qu'elle avait du mal à identifier.

Deux hommes, vêtus d'uniformes kaki et coiffés de casque, paraissaient discuter. Elle entendait, portés jusqu'à elle par la brise tiède, de gros éclats de rire. Des rires de soldats.

Des soldats, ici ?

Non, décidément, ça n'avait aucun sens.

Le sentiment d'irréalité qui l'avait saisie depuis son réveil au château refusait de se dissiper. Au contraire, il s'intensifiait.

Il fallait qu'elle en ait le cœur net.

Elle appuyait déjà sur les pédales pour aller demander aux soldats ce qu'ils faisaient là quand on la heurta avec violence. Elle bascula dans l'herbe, sur le côté de la route.

Une silhouette se jeta sur elle et la saisit en criant :

– *Nié ! Nié !*

Cassandre savait se défendre quand il le fallait. Quelques petits indélicats, au collège, l'avaient appris à leurs dépens.

Elle se débattit dans l'herbe contre son assaillant… non… son assaillante, qui tentait de l'immobiliser.

La jeune fille blonde du château, celle de la photo !

Elles roulèrent toutes les deux dans les fourrés, l'inconnue s'efforçant de la plaquer au sol, et elle, de s'échapper pour reprendre son vélo et foncer vers le village.

Mais elle eut beau déployer toutes ses forces, l'autre parvint à l'immobiliser. Elle s'adressa à elle, de sa voix teintée du même accent que son père :

– Toi pas aller là-bas ! Trop dangereux… Tu pas avoir de *Ausweis* !

Cassandre ne comprenait rien à ce qu'elle racontait, et s'en moquait. Elle voulait juste retourner chez sa grand-mère et sortir de cette histoire de fous.

Elle fit mine de se laisser convaincre, décontracta ses muscles. L'autre se relâcha un peu.

Elle la fit basculer sur le côté, se releva, et s'élançait déjà vers la route quand son agresseuse lui cria :

– *Nié ! Nié !* Les Allemands t'arrêter ! Toi jamais revenir !

Il y avait quelque chose, dans le ton de l'inconnue, une telle détresse, une telle peur, que Cassandre hésita, se retourna.

La jeune fille blonde, allongée dans l'herbe, tendait vers elle une main suppliante. L'expression de ses grands yeux bleus la toucha profondément.

– Toi jamais revenir. Après, ils viendront chercher moi et mon père… (Les larmes qui coulaient sur ses joues la bouleversèrent.) Comme ma mère et ma sœur.

– Les Allemands ? répéta Cassandre.

Elle tourna le regard vers la guérite, à l'entrée du village, et observa mieux les deux soldats, la forme de leur casque, leur…

Oui, elle avait déjà vu ces casques, ces uniformes, dans de vieux films… des films sur la Seconde Guerre mondiale.

– Tu ne pas avoir de papiers, puisque tu venir du futur.

Venir du futur !

Cassandre fixa l'inconnue comme si elle l'avait giflée, alors que tout ce qui l'entourait, ce qui lui avait paru insensé, incompréhensible, trouvait sa justification.

– Du futur… (Ce mot en amena aussitôt un autre :) Quel jour sommes-nous ?

– Le 15 avril, la renseigna la jeune fille blonde.

– Quelle année ? s'enquit Cassandre, qui redoutait déjà la réponse.

– 1944.

Les huit syllabes la frappèrent comme les coups de l'horloge de sa grand-mère martelant les heures.

1944…

Elle fut prise d'un vertige. Elle serait peut-être tombée si l'inconnue, qui s'était relevée, ne l'avait soutenue.

Oui, bien sûr, tout prenait sens : le château différent, l'ameublement, la vieille voiture, le village, les soldats…

– Mais co… comment… balbutia-t-elle.

– Toi venir avec moi au château. Mon père tout t'expliquer, lui grand savant. (Elle lança un regard nerveux en direction du village et des soldats avant d'ajouter :) Mais nous pas rester ici, eux finir par nous voir…

Ce disant, elle ramassa le vélo de Cassandre et lui tendit le guidon qu'elle saisit d'un geste automatique, encore à moitié abasourdie par ce qu'elle venait d'apprendre.

– Comment… articula-t-elle, alors que l'inconnue ramassait son propre vélo, une des vieilles bicyclettes qu'elle avait vues dans la cour. Comment savez-vous que je viens du futur ?

Un chaud sourire, comme un rayon de soleil après l'orage, illumina le visage de la jeune fille.

– Personne avoir vélo comme ça à notre époque. Tu avoir de la chance.

Elle enfourchait déjà le sien, et Cassandre, dans une espèce d'état second, s'apprêtait à la suivre, quand elle trouva la force de demander :

– Eh ! Comment tu t'appelles ?

L'inconnue se retourna. Un éclair joueur dans ses grands yeux clairs encore rougis de larmes, elle répondit :

– Ilyana.

Sur ces trois syllabes, que Cassandre recueillit comme un étrange joyau, elle appuya sur la pédale de son antiquité et s'en fut vers le sentier conduisant au château.

Avec l'impression de se trouver dans un rêve, Cassandre la suivit.

Chapitre 5

Des vacances… en 1944 !

– Incroyable ! Je ne pensais pas ça possible.

C'était au moins la troisième fois que le père d'Ilyana répétait cette phrase en triturant sa moustache blonde.

Le professeur Warshavsky de l'université de Varsovie, en Pologne, tournait autour de la table et échafaudait des théories auxquelles elle ne comprenait rien. Régulièrement, il s'arrêtait, la fixait, et recommençait…

Ilyana et elle étaient retournées au château. Cassandre avait été impressionnée par la vigueur que sa compagne avait déployée pour monter la pente avec son vélo archaïque alors qu'elle-même peinait avec ses neuf vitesses et trois plateaux…

Elles avaient été accueillies par le comte, son fils Martin et le père d'Ilyana. Tous s'étaient montrés d'une extrême gentillesse à son égard.

On l'avait fait entrer dans la grande cuisine où l'attendait une immense table de ferme, au-dessus de laquelle pendaient casseroles et poêles en cuivre rutilant.

Dans un coin, une antique cuisinière à charbon diffusait sa chaleur.

Monsieur le comte avait préparé à tous les enfants un délicieux bol de chocolat au lait, accompagné de gâteaux succulents tirés d'une vieille boîte en fer…

Cassandre, qui n'avait jamais su résister ni au chocolat ni aux gâteaux, s'était régalée.

Assise sur ce banc, dans cette cuisine accueillante, elle se sentait presque bien, en compagnie d'Ilyana, qui lui souriait, de son père, du comte et de Martin qui dévorait les biscuits à un rythme ahurissant avant que son père ne le reprenne en lui faisant remarquer que les gâteaux étaient d'abord pour les invités.

Mais le chocolat n'était pas parvenu à lui faire oublier sa situation ni sa curiosité.

– Comment je suis arrivée ici ? répéta-t-elle une fois de plus, en espérant que le professeur se montrerait un peu plus clair.

Ce dernier mit fin à son va-et-vient.

Cassandre s'apprêtait à reposer sa question quand Ilyana lui murmura :

– Ça va venir.

Chapitre 5

Elle connaissait bien son père. À peine avait-elle prononcé ces mots que ce dernier levait un doigt péremptoire :

– C'est ça ! Ça ne peut être que ça ! Ma machine, en se mettant en route, a créé un vortex, un trou dans la trame spatiotemporelle de notre monde, celle qu'Einstein a théorisée… Mais elle aurait été incapable de la percer si, à votre époque, mademoiselle, quelqu'un n'avait mis en marche l'autre machine.

– Qui est en fait la même machine dans le futur, si je vous suis bien, Sol… l'interrompit le comte de sa voix profonde.

– Tout à fait, approuva le professeur. La même machine, au même endroit… mais à deux époques différentes.

– Et la conjonction des deux… commença le comte.

– … a créé une sorte d'écho, semblable à l'effet Larsen en acoustique, quand on approche trop un micro d'un haut-parleur

– Un écho qui a percé la trame de l'espace et du temps et a généré un couloir, acheva le comte, songeur.

Le professeur acquiesça :

– *Tak*[1] ! Un couloir dans lequel est tombée Mlle Cassandre depuis 2022… pour arriver ici, en 1944, soixante-six ans avant sa naissance.

Cassandre ne cessait de se dire qu'elle allait se réveiller d'un instant à l'autre, tant c'était délirant.

---

1. « Oui » en polonais.

– Je ne comprends rien, geignit-elle en se prenant la tête à deux mains.

Le professeur ouvrit la bouche pour répondre, mais Ilyana le devança.

– *Tata*[1]. Laisse-moi expliquer.

Comme le père d'Ilyana faisait un geste pour lui signifier qu'elle pouvait continuer, la jeune fille s'empara du carnet de Cassandre posé sur la table de la cuisine avec ses autres possessions, en détacha le petit stylo, l'ouvrit et demanda :

– Je peux ?

Cassandre hocha la tête.

D'une main sûre, Ilyana se mit donc à dessiner un carré en perspective.

– Cassandre, toi imaginer ça être notre univers, le temps et l'espace, comme une feuille de papier, une toile…

Cassandre hocha à nouveau la tête.

– Chaque objet, dans l'univers, peser sur la toile. Plus objet être lourd, plus il pèse… Mais la machine

1. « Papa » en polonais.

de mon papa pèse encore plus lourd, en un point infiniment petit. La toile se déforme de plus en plus…

– Vers une autre époque ? demanda Cassandre qui commençait à comprendre.

– Nous ne savons pas. Pour l'instant, cela n'avait rien donné. Mais hier soir…

– Quelqu'un, en 2022, a allumé la même machine…

– Et la puissance a été multipliée par deux, intervint le professeur. Suffisamment forte pour creuser un trou, un tunnel, et comme elle se trouvait exactement au même endroit…

– Je suis passée à travers et je me suis retrouvée ici, compléta Cassandre.

Ilyana hocha la tête.

– Mais, et la dame blanche ? Celle qui est apparue…

– C'est probablement celle qui travaille sur la machine, supposa le père d'Ilyana. C'est sûrement elle qui voyageait à travers le temps, mais vous avez été prise dans le vortex temporel à sa place…

– Et c'est moi qui me suis retrouvée ici.

– *Tak*, approuva Ilyana.

Cassandre hocha la tête, digérant l'information, avant de demander.

– Bon, alors comment je rentre ?

Il y eut un moment de silence gêné durant lequel tous les regards se braquèrent sur elle. Ne s'éleva plus que le bruit de mastication de Martin qui venait de profiter de ce que l'attention soit détournée pour chiper un autre biscuit.

Enfin, le professeur se racla la gorge :

– Eh bien… Je suppose qu'il faudra attendre que l'autre machine tente une nouvelle percée vers cette époque.

– Mais quand ?

Suivit un silence pendant lequel le père d'Ilyana tritura sa moustache, signe, Cassandre l'avait compris, d'une certaine agitation.

– Eh bien, c'est là tout le problème. Cela ne dépend pas que de nous. En ce qui me concerne, je ne pourrai pas relancer la machine avant dix jours au moins.

– Quoi ! Dix jours ! Pas avant ? Vous voulez dire que je vais rester ici pendant dix jours !

Elle en avait les larmes aux yeux. Dix jours dans cette époque, loin de sa grand-mère, de ses parents, avec des gens qu'elle ne connaissait pas…

– Parce que des composants ont fondu lors de la dernière tentative. Il faut que je les remplace. Ça prendra du temps. Et je dois vérifier certains calculs, et ça aussi, ça prendra du temps. (Il ajouta, après une seconde de silence :) Autrement, je pourrais aussi bien vous envoyer chez les dinosaures qu'en 2022.

– Mouais… convint Cassandre qui se faisait lentement à l'idée de rester coincée ici pendant dix jours. J'aimerais autant pas. (Elle haussa les épaules et tenta d'affecter un ton badin :) Bon, c'est pas grave, je vais prendre une semaine de vacances en 1944. Ça me servira pour mon exposé. Tiens, demain, j'irai faire un tour au village. Ce serait rigolo de rencontrer ma grand-mère quand elle était jeune.

Les yeux du professeur s'écarquillèrent, accompagnés d'une expression catastrophée, rendue comique par sa longue moustache.

– Vous n'y pensez pas, mademoiselle Cassandre. Ce serait terrible !

– Terrible ? Mais pourquoi ? s'exclama la jeune fille qui ne comprenait pas la réaction du scientifique.

Ce dernier leva les bras au ciel.

– Si vous rencontriez votre grand-mère ou quelqu'un d'autre du village, vous risqueriez de modifier votre futur. Songez que, selon les lois du temps, vous n'êtes pas censée être là… Le moindre événement que vous changeriez par votre simple présence pourrait avoir, sur votre avenir, des conséquences catastrophiques. Vous pourriez même disparaître ! (Il ajouta après un instant de silence :) Il faut à tout prix que vous restiez au château pendant que je répare la machine.

– Quoi ? explosa Cassandre qui n'avait jamais supporté de demeurer enfermée. Vous voulez dire qu'en plus, je vais devoir rester bloquée ici ?

Elle sentait les larmes revenir, quand la main d'Ilyana se posa sur la sienne.

Elle se tourna vers la jeune Polonaise. Ilyana lui souriait et, dans ses grands yeux couleur d'azur, il y avait tant de douceur, de gentillesse, que sa peine s'envola un peu.

– Toi pas t'inquiéter, lui confia la fille du professeur. Martin et moi, on va s'occuper de toi. (Elle donna un vigoureux coup de coude à Martin, qui venait de chiper un nouveau biscuit et l'avalait avant que son père ne le remarque.) Pas vrai Martin ?

Ce dernier manqua s'étouffer.

– Pour sûr ! On ne te laissera pas le temps de t'ennuyer, articula-t-il tant bien que mal en postillonnant une pluie de miettes.

Cassandre se retint de rire et finit par hocher la tête.

– D'accord, d'accord. Je resterai au château.

Personne ne vit, alors qu'elle prononçait ces mots, les doigts qu'elle croisait sous la table.

Chapitre 6

Confessions à rebrousse-temps

Chers abonnés,

Ça me fait quand même un peu bizarre d'écrire ce post soixante-dix-huit ans avant le précédent. Vous imaginez ? Je ne naîtrai que dans soixante-six ans.

Je deviens folle rien que d'y penser.

Ça fait presque dix jours que je suis là, maintenant.

Au début, c'était vraiment trop zarbi. Vous vous rendez compte ? Il n'y a pas d'eau chaude aux robinets. Si on en veut, il faut la faire chauffer dans la marmite qui se trouve dans la cheminée. Le matin, pour faire ma toilette, je vais en puiser dedans avec une louche spéciale. Je la verse dans une vasque en porcelaine, je la mélange avec un peu d'eau froide, puis avec un gant, je me lave et je me rince…

Heureusement qu'on n'est pas en hiver !

Pareil pour la cuisinière. Elle fonctionne au charbon ! Elle est toujours allumée. Il vaut mieux pas s'appuyer dessus, elle est brûlante de partout.

La télé, bien sûr, on oublie… et je parle même pas d'Internet, ça sera pas inventé avant une éternité. Il n'y a qu'à voir la manière dont le père d'Ilyana, le professeur, a regardé mon portable. Il était fasciné, comme s'il avait trouvé la baguette magique d'Harry Potter !

Je lui ai montré quelques applis (celles qui fonctionnent sans connexion, évidemment). Il était comme un gosse. Il a carrément joué à Minecraft. Bon, il m'a quand même demandé pourquoi les hommes du futur, avec un appareil doté de tant de capacités, pouvaient perdre du temps avec des futilités pareilles.

Je lui ai répondu :

– Parce que ça nous fait plaisir.

Et je l'ai planté là en récupérant mon portable.

Non, mais ! Futilités ! Et puis quoi encore !

De toute façon, la batterie va bientôt être déchargée et je n'ai aucun moyen de la brancher, alors, il va falloir la faire durer, on ne sait jamais… des fois que je parviendrais à retourner en 2022.

J'essaie de prendre quelques photos avec, quand même.

D'ailleurs, monsieur le comte nous a prises en photo, Ilyana et moi, dans la cour du château avec un appareil comme je n'en avais jamais vu, avec un soufflet bizarre. Il l'a développée tout seul.

Quand il nous a fait poser, j'ai eu une curieuse impression de déjà-vu. Mais quand il nous a montré le résultat, j'en ai eu la confirmation. C'était la photo que ma grand-mère a sur sa cheminée. La jeune fille brune dessus, ce n'est pas elle… c'est moi.

Bon, par contre, je suis consignée au château, et ça me gave. J'ai déjà fait le tour de toutes les pièces trois fois, je les connais par cœur.

Le professeur travaille sur la machine d'arrache-pied. Je crois que sous ses airs de scientifique détaché du monde, il est plus sensible qu'il n'y paraît et qu'il a vraiment à cœur de me renvoyer chez moi.

Pour m'occuper, il m'a même invitée à venir voir la machine et m'a expliqué son fonctionnement. C'est un peu compliqué, mais je sais maintenant la faire marcher. Si je veux, je peux m'expédier dans une autre époque… enfin, théoriquement, parce que pour l'instant, nous n'avons pas assez d'énergie pour ça, il faut attendre que l'autre machine «pèse» sur l'espace-temps elle aussi, ce qui, d'après le professeur, devrait arriver d'ici peu. Il a mesuré des «pics d'influence tachyonique». Je ne sais pas ce que c'est, mais s'il dit que ça peut me ramener chez moi…

Je sais déjà que plusieurs choses vont me manquer quand je vais rentrer: les grattons de porc qui viennent de la ferme du château et les tranches de pain de campagne du boulanger, je n'en ai jamais vu de si gros et de si délicieux. Le matin, monsieur le comte nous fait des tartines de beurre sur lesquelles il râpe du chocolat noir. C'est presque aussi bon que le Nutella.

Mais monsieur le comte nous a bien fait remarquer que nous avions de la chance. Tout le monde n'a pas de chocolat au village, voire quasiment personne. D'après ce qu'il dit, même le pain commence à manquer certains jours à cause du rationnement. Et c'est encore pire dans les villes.

Ici, grâce au vieux four à pain du château et au moulin, nous n'avons jamais ce problème. Alors je ne me rends pas bien compte, et puis, ça sent si bon quand on va chercher la miche toute chaude.

Il y a autre chose qui va me manquer quand je partirai, enfin, quelqu'un d'autre… c'est Ilyana.

Chapitre 6

Je n'avais jamais, avant, rencontré quelqu'un comme elle : une personne si gentille, si dévouée. Elle a toujours un mot pour me réconforter, une attention. Elle est douce, jamais en colère. C'en serait presque agaçant si ce n'était pas si merveilleux.

Elle m'apprend son époque et plein de choses que je ne connaissais pas. C'est une véritable encyclopédie. Elle dévore les livres, tous les livres, et la bibliothèque du château en contient un sacré nombre.

Elle me dit que, quand elle sera plus grande, elle veut reprendre les recherches de son père.

Nous allons souvent nous promener ensemble, dans les bois, juste derrière le château (on me laisse sortir si je ne vais pas vers le village). Nous avons beaucoup discuté. Elle m'a posé plein de questions sur mon époque. Elle semble vraiment fascinée, elle voudrait tout savoir.

Ça lui a beaucoup plu quand je lui ai dit que les femmes avaient le droit de vote, et puis que les Alliés avaient gagné contre l'Allemagne, aussi.

Quand elle parle des Allemands, il y a un étrange accent dans sa voix, et une expression qui n'a rien de gentil sur son visage, un mélange de colère et de souffrance.

Je lui ai demandé si elle n'aimait pas les Allemands. Elle m'a répondu que ce n'était pas les Allemands qu'elle n'aimait pas, mais les nazis, les partisans d'Hitler et de ses théories sur la supériorité de la race allemande.

– C'est à cause d'eux que ma mère et ma sœur… a-t-elle commencé ce jour-là, sur ce petit chemin menant à un gros rocher qui domine la vallée.

Je lui ai demandé ce qui leur était arrivé. Je n'ai pas pu m'en empêcher. Je m'en suis voulu.

J'allais m'excuser. Mais Ilyana a fini par déclarer, lentement, le regard lointain :

– Mes parents, ma sœur et moi, nous habiter Varsovie quand Hitler a envahi la Pologne. Mon père est un scientifique. Il travaillait à la faculté, mais ça a changé quand les Allemands sont arrivés. Tous les Juifs ont dû porter un brassard blanc avec une étoile bleue.

J'étais surprise. Je lui ai demandé pourquoi. Elle m'a répondu :

– Pour montrer que nous n'étions pas comme les autres, que nous étions juifs. On se moquait de nous, on nous insultait dans la rue, parfois on nous frappait. Même des gens que je connaissais depuis des années. On aurait dit qu'ils étaient devenus fous.

Il y avait une telle détresse dans sa voix, j'en avais mal pour elle. J'ai tendu la main pour prendre la sienne, mais elle a poursuivi :

– Ils mettaient aussi cette étoile sur les magasins qui appartenaient à des Juifs. Ils nous ont confisqué nos radios. Un jour, mon père est rentré en disant qu'il fallait que nous quittions le pays, mais le lendemain, on a appris que les Juifs avaient dorénavant interdiction de prendre le train…

Elle m'a raconté comment les Allemands avaient ordonné que les Juifs se rendent dans le nouveau « quartier juif » en laissant leur maison, leur appartement et tous leurs biens, un quartier entouré d'un mur couvert de fils de fer barbelés, comme les prisons.

J'étais révoltée. Comment et pourquoi pouvait-on faire ça à des gens innocents ? Ça n'avait aucun sens.

J'ai cru qu'elle allait s'arrêter là, mais elle a continué. Je voyais, dans ses yeux, qu'elle n'était plus là. Une partie d'elle-même vivait encore là-bas, dans ce quartier transformé en prison pour y entasser de pauvres gens qui n'avaient commis d'autre crime que de vivre.

Ils y étaient restés deux ans. Beaucoup, beaucoup de personnes mouraient autour d'eux, de froid, de malnutrition…

Les plus vieux et les enfants, les plus fragiles, en premier... Sa petite sœur, Anna, a été l'une d'elles. Une mauvaise grippe l'a emportée pendant l'hiver 1941. Il faisait trop froid. Les médicaments manquaient.

J'aurais voulu dire quelque chose... faire quelque chose, mais je ne pouvais que la regarder, muette.

J'ai cru, une fois encore, qu'elle allait s'arrêter, et je dois dire que j'avais entendu assez de malheur comme ça. Je sentais que ça lui faisait mal d'en parler, mais que ça la libérait aussi.

Alors que nous arrivions près du gros rocher, elle s'est arrêtée, s'est tournée vers moi et m'a dit :

– Et puis il y a deux ans, les gens ont commencé à disparaître.

Je n'ai pas pu m'empêcher de lui demander ce qu'elle voulait dire, même si je savais que la réponse ne me plairait pas.

– Les Allemands venaient, à n'importe quelle heure, avec des camions. Ils y faisaient monter tous les gens qu'ils trouvaient, pour les emmener dans les zones de repeuplement...

Je ne comprenais pas ce qu'étaient ces zones de repeuplement. Je lui ai demandé et elle m'a répondu :

– Des fermes où ils pourraient s'installer et travailler… enfin, c'est ce qu'on nous disait, parce que certains ont commencé à murmurer qu'on les amenait ailleurs, dans des endroits où…

Elle s'est arrêtée et ses yeux clairs ont reflété quelque chose de terrible.

– Des endroits… des endroits où on les faisait mourir.

Elle avait prononcé ces mots avec une telle intonation, son regard avait une expression que je n'avais jamais vue chez personne, et que je ne veux plus jamais revoir.

Je l'ai prise dans mes bras. Je l'ai serrée contre moi. Elle tremblait sans pouvoir s'arrêter. Je sentais que des sanglots terribles la déchiraient, secouaient sa poitrine, mais aucune larme ne montait, comme si elle avait déjà versé toutes celles que contenait son corps.

Là, en propos décousus, elle m'a raconté comment son père avait, grâce à une de ses connaissances, organisé leur évasion. Il sortait tous les jours pour travailler à la faculté. Les Allemands voulaient qu'il termine ses travaux. Il avait réussi à entrer en contact avec des résistants.

Alors ils s'étaient enfuis. Mais sa mère, qui avait voulu retourner chercher une photo de sa petite sœur dans leur logement, avait été raflée sous leurs yeux par un camion SS arrivé alors qu'elle traversait la rue. Ilyana avait hurlé, mais son père l'avait fait taire. Il lui avait dit qu'ils ne pouvaient rien faire. Une expression terrible sur le visage, il l'avait entraînée.

Jamais, depuis ce jour, elle n'a revu sa mère.

Elle a marqué une longue, très longue pause, alors que je la tenais contre moi. Petit à petit, ses tremblements se sont espacés, pour enfin s'arrêter.

Chapitre 6

Elle s'est écartée, m'a regardée de ses yeux rougis mais toujours secs, avant d'achever son récit.

Avec l'aide des résistants, ils avaient fui Varsovie, puis la Pologne, avant de gagner la France par des voies détournées, avec le risque, toujours, d'être reconnus et arrêtés. Enfin, ils étaient arrivés ici. Monsieur le comte, qui était un scientifique aussi, et un ami de son père, les avait recueillis.

Après ce qu'elle m'avait confié, j'étais tellement bouleversée que je ne savais pas quoi dire, tous les mots qui me venaient me semblaient ridicules, insignifiants.

Si j'avais su…

J'allais ouvrir la bouche, mais elle ne m'en a pas laissé le temps. Elle s'est tournée vers le bord du talus, a désigné une grande fleur et s'est exclamée :

– Oh ! Regarde ! Une digitale ! Qu'elle est belle !

Elle était redevenue, en un instant, l'Ilyana enjouée et douce que je connaissais, celle qu'elle laissait voir à tout le monde, celle, je crois, qu'elle voulait être au plus profond d'elle… malgré ou à cause de tout ça. Parce qu'elle voulait prouver que ceux qui avaient fait tout ça à son peuple, à sa mère et à sa petite sœur ne l'avaient pas brisée, qu'elle serait toujours debout, et capable de s'émerveiller.

Je jure que jamais de ma vie je n'ai admiré quelqu'un comme j'ai admiré Ilyana à cet instant.

Nous sommes rentrées au château et plus jamais elle ne m'en a parlé.

Sans le vouloir, elle a éveillé en moi le désir d'en savoir plus sur cette époque, sur les gens qui y vivent, sur ma grand-mère et les autres…

Pour le savoir, il faut que je sorte, que je me rende au village.

J'ai tenu jusqu'à aujourd'hui, mais là, je craque…

Demain, c'est décidé, j'y vais.

Chapitre 7

Une escapade au XXe siècle

La tête basse pour ne pas se faire remarquer, Cassandre avançait dans les rues du village en buvant des yeux tout ce qui l'entourait pour le graver dans sa mémoire.

Car tout, ici, était pour elle source d'étonnement et de curiosité.

Elle avait regardé des films sur cette période de l'histoire, bien sûr, mais c'était autre chose d'y être pour de vrai.

Elle avait quitté le château en profitant qu'Ilyana soit partie aider son père à quelques travaux sur sa machine. Il devait faire le test à la tombée de la nuit, avant d'essayer de la renvoyer à son époque.

Elle serait rentrée d'ici là. Pas question de rester trop longtemps au village. Cassandre avait bien conscience qu'en s'y attardant, elle risquait de se faire démasquer. Elle ne voulait pas créer de problèmes à ses hôtes.

Monsieur le comte avait été adorable avec elle toute cette semaine, ainsi que Martin. En dehors de sa gloutonnerie, c'était un garçon charmant et attentionné… Un garçon charmant… qui n'avait d'yeux que pour Ilyana.

Cassandre en avait touché deux mots à son amie. Ilyana avait eu l'air surprise, ce qui avait fait rire Cassandre. Comment pouvait-elle ignorer les regards que lui jetait le jeune colosse un peu emprunté, et les attentions qu'il avait pour elle ?

– Il te kiffe grave ! avait-elle affirmé.

– Il me quoi ? avait demandé son amie en la fixant de ses grands yeux écarquillés.

Cassandre avait soudain mesuré que son langage n'était pas adapté à l'époque.

– Il… Il t'aime bien, quoi… Il… Oh ! Je sais pas moi, il te trouve chouette !

– Ah ça ! avait répondu Ilyana avec un petit rire, spontané, beau et clair, le premier que Cassandre entendait. Oui, je sais, c'est un garçon charmant et très bien élevé.

Cassandre avait levé les yeux au ciel.

– Mais non, c'est pas ça ! Il… t'apprécie… il est…

– Très serviable ? C'est ça que tu veux dire ?

Cassandre, désespérée, avait secoué la tête.

– Laisse tomber.

Elle aurait bien voulu jouer la marieuse pour ces deux empotés, mais si tout se passait bien, elle retournerait dans son époque ce soir même ou demain soir. Ils devraient se débrouiller tout seuls.

L'idée d'abandonner sa nouvelle amie lui serrait le cœur. Pendant ces dix jours, elles avaient tissé des liens très forts, mais elle ne pouvait pas rester ici. Ce n'était pas son époque. Sa vie l'attendait en 2022 et sa grand-mère, ses parents, ses amis…

Ce matin pourtant, après le petit déjeuner, quand elle s'était retrouvée toute seule à table avec Ilyana, cette dernière lui avait dit :

– Tu vas me manquer quand tu seras partie.

Ne sachant que répondre, Cassandre avait regardé son amie. Un rayon de soleil, filtrant par la fenêtre de la cuisine, auréolait ses cheveux d'or. On aurait soudain cru voir un ange. Elle craignait d'éclater en sanglots.

Prise d'une inspiration subite, elle avait détaché le bracelet de cuir auquel était accroché un petit dauphin d'or qu'elle portait au poignet droit. Elle l'avait tendu à Ilyana.

– Tiens, c'est pour toi. Je veux que tu le gardes.

Ilyana l'avait observée sans dire un mot. Cassandre avait deviné, à l'éclat de ses yeux, à leur humidité, combien elle était touchée par son geste.

Alors lentement, la jeune Polonaise avait levé les mains à son cou, avait décroché le collier qui l'entourait et le lui avait tendu.

C'était une fine chaîne en or soutenant un petit chandelier à sept branches, lui aussi en or.

Cassandre avait secoué la tête.

– Tu es folle, je ne peux pas… c'est beaucoup trop précieux.

Chapitre 7

Ilyana avait pris le bracelet au dauphin et l'avait refermé sur son poignet en insistant.

– Je prendre ton bracelet, toi, mon collier. Je veux… Comme ça, toi toujours te souvenir de moi. Je être toujours ton amie.

Cassandre avait donc accepté le cadeau que son amie avait attaché autour de son cou.

Très émue, elle avait pris Ilyana dans ses bras pour la serrer très fort contre elle et murmurer à son oreille :

– Merci.

Ilyana lui avait rendu son étreinte pour chuchoter à son tour :

– Toujours ?

– Toujours, avait répondu Cassandre, la gorge nouée.

Aussi avait-elle bien mauvaise conscience, cet après-midi, de désobéir pour aller au village, mais elle ne pouvait s'en empêcher. Il fallait qu'elle voie, de ses yeux… avant de repartir pour 2022.

Elle avait laissé un mot expliquant qu'elle s'absentait pour faire une balade dans les bois avec son VTT.

Elle avait pris son vélo et, quittant le château, avait dévalé une partie du chemin.

Une partie seulement, car avant d'arriver à la route, elle avait bifurqué et traversé la forêt, comme elle le faisait parfois, ses roues à crampons accrochant l'humus du sous-bois. C'était un peu périlleux, mais aussi grisant.

Elle était donc parvenue à un petit chemin serpentant entre deux murs de pierre sèche qu'elle connaissait bien.

À son époque, il débouchait sur la cité où se trouvait la maison de sa grand-mère avant d'aboutir à une cour de ferme qui, elle-même, s'ouvrait sur la rue donnant sur la place du village.

La cité moderne, bien évidemment, n'existait pas encore, mais la ferme, si…

Elle s'était donc approchée le plus possible avant de camoufler son vélo dans les fourrés. Vu les réactions des occupants du château devant sa monture mécanique du futur, c'était plus prudent.

Passant par la ferme comme si de rien n'était, elle était entrée dans le village.

Depuis, elle se promenait dans les rues, s'émerveillant de cette immersion dans un autre temps. Elle avait l'impression de se retrouver dans un film.

Il y avait encore des chariots à cheval. Les gens, pour la plupart, étaient habillés très simplement. Certains portaient même des sabots.

Elle dirigea ses pas vers la place centrale où, à l'ombre du tilleul quadricentenaire, « Le Sully », comme on l'appelait ici, se trouvaient l'église, la mairie et l'unique café, où sa grand-mère lui avait dit avoir travaillé, pendant la guerre, pour aider son arrière-grand-mère à qui appartenait l'établissement…

Alors qu'elle s'approchait de la place, dans une des ruelles, elle croisa un couple qui se retourna sur son passage.

Elle entendit la femme murmurer d'une voix étonnée :

– C'est pas la petite Chassang ?

– Mais non, répondit l'homme. On vient de la voir au café.

Craignant qu'on ne lui demande de s'arrêter, elle pressa le pas et baissa un peu plus la tête en commençant à se dire que cette visite n'était peut-être pas une si bonne idée.

Quelques secondes plus tard, elle débouchait sur la place du village.

Elle n'avait pas beaucoup changé : le grand arbre était toujours là, immense et bienveillant, si large qu'on avait dû cercler son tronc d'une maçonnerie de pierre et sangler ses énormes branches, car il menaçait de se séparer en deux. Comme à son époque, des enfants l'escaladaient et chahutaient dans de joyeux éclats de rire. Dans son ombre, les petites tables de fer du café s'alignaient dehors. Quelques consommateurs, ouvriers agricoles fourbus de leur journée de travail pour la plupart, y buvaient un verre de vin rouge.

Ils n'étaient cependant pas les seuls… À une des tables, Cassandre remarqua deux soldats, vêtus de l'uniforme gris qu'elle avait déjà vu porté par ceux de la guérite. Eux aussi sirotaient un verre de vin en parlant fort dans leur langue natale qui contrastait avec les murmures plus discrets des autres clients.

Des Allemands.

Ils n'avaient pas l'air bien méchants. À vrai dire, ceux-là avaient plutôt l'air de grands-pères que d'autre chose. Elle s'étonnait même qu'ils soient encore dans l'armée. Alors qu'elle regardait, l'un d'eux tendit une barre de chocolat à un écolier qui passait près de sa table avec un grand sourire. Le garçon hésita, avant de se saisir de la friandise et de s'en aller en courant.

Comme un des clients, à une table voisine, fixait le soldat d'un air surpris, ce dernier expliqua :

– Lui ressembler à mon petit-fils, là-bas, en Allemagne. Je me demande ce qu'il fait. Il me tarde de le revoir, quand la guerre sera finie.

Quelle différence avec ce qu'Ilyana lui avait raconté ! Ces soldats semblaient sortis d'un autre moule que ceux qui avaient commis les atrocités qu'elle lui avait décrites…

Se pouvait-il que les Allemands, eux aussi, soient différents ? Certains mauvais et sans pitié, et d'autres qui se trouvaient là juste parce que leur pays était en guerre et qu'on ne leur avait pas laissé le choix ?

Elle en était là de ses réflexions, détaillant toujours les soldats alors qu'elle avançait entre les tables, quand elle heurta quelqu'un.

Il y eut un grognement étouffé, puis un bruit d'objets qui tombaient, de verre qui se brise, suivi d'une exclamation.

– Regarde où tu marches, empotée !

Elle se retourna pour se trouver nez à nez… avec son propre visage.

Chapitre 8

Peur au village

Cassandre mit quelques secondes à réagir, alors que l'autre « elle » la fixait avec un étonnement égal au sien, les yeux écarquillés comme si elle avait vu un fantôme.

La surprise initiale passée, Cassandre prit conscience que ce n'était pas tout à fait elle. Un rien dans le menton, la forme du visage, l'arc des sourcils…

Alors elle comprit.

C'était sa grand-mère, sa grand-mère qu'elle ne devait surtout pas rencontrer.

Cette dernière, revenant de son saisissement, ouvrit la bouche.

Se souvenant des injonctions du professeur, Cassandre, sans attendre, fit demi-tour et détala.

Derrière elle, son plateau vide encore à la main, sa grand-mère s'écria :

– Eh ! Toi… Attends ! Attends !

Elle se serait peut-être lancée à sa poursuite si un événement imprévu ne l'avait arrêtée dans son geste.

Chapitre 8

Dans l'air calme de l'après-midi, jusqu'alors seulement troublé par les conversations en terrasse et le bruit des chariots, s'était soudain élevé un son plus inquiétant.

C'était… un grondement, lointain tout d'abord, puis de plus en plus fort, qui monta jusqu'à devenir assourdissant. Un grondement qu'accompagnaient d'étranges échos métalliques, comme si on secouait une chaîne à intervalles réguliers.

Tout le monde, sur la place, s'était figé. Le temps lui-même paraissait s'être arrêté… quand un cri s'éleva :

– Les SS !

Dans ces mots, il y avait une telle terreur que le silence se brisa comme une pierre aurait cassé une vitre, avec la même brutalité.

Cassandre ne savait pas exactement ce que signifiait « SS », mais elle avait déjà entendu ce mot, dans des films ou des reportages. Il résonnait en elle avec un sinistre écho.

Et elle n'était visiblement pas la seule.

Sur la place, les gens s'étaient levés, en particulier les deux soldats allemands. Curieusement, ils ne semblaient pas rassurés non plus et surveillaient le coin de la rue où…

Il surgit d'entre les deux façades de pierre : un monstre de métal colossal, monté sur des chenilles qui arrachaient la terre et les pavés dans leur rotation. Un monstre au museau camus, frappé d'une croix gammée blanche, cloqué de mitrailleuses, le tout surmonté par une tourelle massive et un interminable canon.

Lui vint un instant à l'esprit l'étrange réflexion que c'était beaucoup plus impressionnant en vrai que dans les films.

Un tank ! Un énorme tank suivi par d'autres véhicules plus petits. L'un d'eux, un camion bâché, s'arrêta pour débarquer une compagnie de soldats qui bondirent à terre pour se déployer sur la place, en rangs, mitraillette au poing.

Ceux-là, songea Cassandre, n'étaient pas comme les autres. Leur uniforme était subtilement différent, mais il y avait plus que cela.

Tout d'abord, ils étaient tous jeunes, pas comme les deux qui se trouvaient en terrasse. Quand ils bougeaient, ils le faisaient d'une manière qui lui rappelait irrésistiblement des prédateurs en chasse. On aurait dit des loups verts à forme humaine.

Cette comparaison la frappa d'autant plus quand ils s'immobilisèrent, leurs armes braquées sur les villageois, leur visage inexpressif, comme un masque, sous le rebord de leur casque.

Leurs yeux, eux aussi, étaient ceux de loups.

Alors, se souvenant de ce qu'Ilyana lui avait raconté, Cassandre eut peur, vraiment peur, pour la première fois de sa vie.

Ces fauves, qui n'avaient de l'homme que l'apparence, n'auraient aucun scrupule à ouvrir le feu sur des civils innocents, des femmes ou des enfants…

Cette peur, elle n'était pas la seule à la ressentir.

Toute la place du village semblait avoir rétréci à côté du monstre de métal dont le canon pivota pour pointer la mairie et le café.

Dans le silence effroyable, une trappe s'ouvrit au sommet de la tourelle. En jaillit, comme un diable d'une boîte, le buste d'un homme en uniforme noir rehaussé d'argent, au crâne coiffé d'un calot. Un homme dont les traits, plus encore que ceux de tous les autres, acérés comme une lame, ne trahissaient nulle compassion, nulle humanité, seulement une attention prédatrice, celle du rapace observant les souris qu'il va croquer.

Il ouvrit la bouche pour clamer, dans un français impeccable, bien que teinté d'un fort accent germanique :

– Je suis le *Sturmbannhführer*[1] Heissman. Nous recherchons deux personnes. Nous avons appris qu'elles se trouvent dans votre village. (Il marqua une pause avant d'ajouter :) Nous voulons qu'elles nous soient remises sans tarder.

Pour illustrer ses propos, il se baissa, attrapa quelque chose dans la tourelle avant de se redresser et de brandir deux agrandissements photographiques.

Le cœur de Cassandre fit un bond.

Même d'ici, ses bons yeux lui avaient permis de reconnaître le visage d'Ilyana et de son père.

1. Grade SS correspondant au rang de commandant.

L'officier appela un de ses subalternes. Il lui lança quelques mots en allemand. Ce dernier sauta sur le char d'un bond leste, se saisit des deux photos, redescendit et commença à passer parmi les villageois en les brandissant devant leur nez.

Comme aucune réponse ne venait et que les gens secouaient la tête les uns après les autres, l'officier appela deux autres de ses soldats et leur martela une série d'ordres d'un ton aussi sec qu'un coup de badine.

Les deux SS, sans une hésitation, s'élancèrent vers les villageois.

Avant que quiconque n'ait compris ce qui arrivait, ils se saisissaient d'un vieil homme malgré ses protestations et celles de sa femme qui tenta en vain de les retenir.

Sous les regards terrifiés de son entourage, ils l'amenèrent au pied du tank et le firent tomber à genoux.

Alors, devant les yeux horrifiés de Cassandre, l'officier leva un long pistolet qu'il braqua en direction du vieil homme. Celui-ci tremblait et sanglotait sans bruit entre les silhouettes des deux soldats.

– Je n'ai pas de temps pour les enfantillages, commença l'officier, d'une voix implacable qui ne trahissait aucune colère, mais la détermination froide, inhumaine, de celui qui ne s'embarrasserait d'aucune morale pour arriver à ses fins.

Il poursuivait déjà :

– Je vous laisse une minute pour me donner une réponse. Si je ne l'obtiens pas, j'abattrai cet homme et je continuerai jusqu'à ce que vous me disiez où ces gens se trouvent… ou qu'il n'y ait plus personne de vivant sur cette place.

Il avait à peine fini de parler que les deux soldats allemands assis en terrasse s'avançaient pour se placer entre le prisonnier et le canon du pistolet. Ils s'adressèrent à l'officier dans leur sabir germanique.

Cassandre ne comprenait pas, mais, à leurs gestes, leurs expressions, elle devina qu'ils prenaient la défense du vieil homme et des habitants du village.

En vain.

La réponse de l'officier claqua comme un coup de fouet, et la flamme qui brûla un instant dans ses yeux de cobalt fut suffisante. Les deux soldats s'écartèrent, après avoir lancé un regard désolé en direction du vieux villageois qui tremblait de tous ses membres.

L'officier avait tiré d'une des poches de son uniforme noir une montre à gousset et la contemplait ostensiblement.

– Plus que trente secondes.

La tension devenait insoutenable. Cassandre, horrifiée, fermait déjà les yeux, quand un cri s'éleva de la foule.

La femme du vieil homme se jeta sur lui pour le couvrir de son corps.

Les soldats braquèrent aussitôt leurs mitraillettes sur elle, prêts à tirer, mais l'officier leva une main et aboya un nouvel ordre.

Dans l'effroyable silence où l'on n'entendait plus que les sanglots de la femme, sa voix chevrotante s'éleva pour avouer :

– Au château. Ils sont au château.

À peine avait-elle prononcé ces mots que l'officier se redressait, désignait le conducteur d'une voiture blindée en queue de colonne, puis la direction du château.

Les choses, comprit Cassandre, allaient très mal tourner pour Ilyana et son père. Le cauchemar qu'ils avaient vécu dans leur pays natal était en train de les rattraper.

Profitant du fait que l'attention de chacun, villageois comme soldats, était braquée vers le char et l'engin en train de démarrer, elle se retourna.

Elle se trouvait au fond de la place, près de la ruelle par laquelle elle était arrivée. Après un dernier regard en direction de sa grand-mère, qui n'avait pas bougé, elle se faufila entre deux maisons pour regagner le chemin qu'elle avait pris à l'aller.

Elle arrivait au coin de la rue quand elle faillit entrer en collision avec un soldat.

Elle connut une flambée de pure terreur, certaine qu'il allait la saisir et la mener au démon en uniforme noir, quand elle le reconnut.

C'était un des deux Allemands qui s'étaient interposés entre le vieil homme et l'officier.

Ils se fixèrent un interminable instant. Cassandre se demandait ce qu'il allait faire quand il s'écarta en désignant le bout de la ruelle.

– Allez *Fraülein*. Allez prévenir vos amis. Vite.

Un sourire d'encouragement illumina son visage ridé, un sourire qu'elle n'oublierait jamais : une fleur au milieu d'un désert, celui de la guerre.

Redoutant, à chaque mètre, d'entendre un cri d'alarme s'élever dans son dos, elle détala pour regagner le bosquet où elle avait caché son vélo.

Dans le soir qui montait, elle se mit à pédaler plus vite que jamais vers le château, Ilyana et son père.

Car cette fois, elle en avait conscience, ce n'était pas seulement une course contre la nuit et le froid, non. Cette fois, c'était une course contre la mort…

Chapitre 9
À contretemps

Cent fois, Cassandre manqua de tomber sur ce chemin, alors qu'elle ne distinguait presque plus ce qui l'entourait, que les pierres et les racines tentaient de la faire chuter.

Elle ne pouvait pas allumer sa lampe : dans cette obscurité, cela l'aurait rendue aussi visible que le nez au milieu de la figure. Les occupants de la guérite, à l'entrée du village, n'auraient pas manqué de la voir.

Mais il fallait qu'elle regagne la route. Elle ne pouvait pas remonter la pente trop raide qu'elle avait dévalée à travers bois. Le vélo aurait été trop lourd à pousser.

Elle suivit donc le chemin jusqu'au bout pour retrouver la départementale avant le croisement qui menait au château.

Un regard vers le bourg lui permit de constater que le véhicule allemand n'était toujours pas sorti du hameau.

Elle avait encore une chance d'arriver à temps.

Mais alors même qu'elle observait, elle avait vu la lumière de phares éclabousser le poste de garde.

Ils seraient là dans quelques minutes à peine !

Elle devait accélérer.

Puisant dans ses réserves, elle appuya sur les pédales et gravit le chemin forestier plus vite qu'elle ne l'avait jamais fait.

Elle négocia le premier grand tournant et entamait la seconde montée quand elle entendit, derrière elle, le rugissement d'un moteur.

L'autochenillette frappée de la croix gammée avait déjà atteint la bifurcation et grimpait le chemin. Elle serait là dans un instant.

Cassandre n'aurait pas le temps…

Le souffle court, les larmes aux yeux, elle donna tout ce qu'elle avait, trouvant en elle des réserves de force insoupçonnées.

Et comme si ça ne suffisait pas, la lumière de son vélo commença à décliner…

– Non… Non… Non… gémit-elle alors que le halo, devant elle, rétrécissait à vue d'œil.

La batterie de sa lampe se rechargeait par un cordon USB que, bien sûr, elle n'avait pas sur elle quand elle était partie de chez sa grand-mère. Roulant très peu de nuit, pour ne pas dire jamais, elle n'avait pas pris la peine de la recharger.

Et à l'instant où elle en avait le plus besoin…

Il fallait qu'elle arrive au château, le plus vite possible. Dans quelques secondes, elle ne verrait plus rien. La lune n'était pas encore levée. Rien n'éclairait les sous-bois. L'obscurité, tout autour d'elle, était si épaisse qu'elle en paraissait presque compacte.

Et cette lumière qui s'amenuisait, à chaque seconde, un peu plus…

Derrière elle, le grondement de l'espèce de Jeep à chenilles se faisait de plus en plus fort. En se retournant, elle vit le pinceau de ses phares qui balayait déjà le grand tournant avant de se braquer sur elle.

La lumière aveugla ses yeux qui s'étaient adaptés à la pénombre.

Reportant son attention devant elle, elle se trouva soudain face à un mur de nuit si épais qu'elle ne distinguait plus ni le chemin, ni les bois, ni la pente, et encore moins le château.

Le triangle de clarté agonisant de sa lampe avait fini par disparaître. La batterie était vide.

Un instant, elle roula dans un néant de ténèbres, sentant juste les chaos du chemin sous ses roues…

Seule la résistance des pédales, sous ses pieds, lui indiquait qu'elle était en train de grimper, mais c'était tout…

Elle eut un moment de panique quand la pente s'inversa. Elle comprit qu'elle était en train de verser sur le bas-côté et de plonger dans le noir.

Elle donna un coup de guidon dans l'autre direction, sentit sa roue rebondir sur une grosse pierre et la renvoyer vers le milieu du chemin.

Elle distinguait vaguement les troncs qui s'élevaient autour d'elle et, plus haut, la forme sombre du château dont la masse occultait les étoiles.

Il était tout près… un lacet, une ligne droite, et elle parviendrait au portail.

Derrière elle, le grondement qu'elle commençait à détester s'était encore accentué. L'autochenillette était toute proche.

Soudain, dans les bois, juste sous le château, il y eut comme un éclair de lumière.

Elle tourna la tête, distingua une silhouette pâle, spectrale, comme…

Sa roue rebondit sur quelque chose, glissa…

Un terrible instant, alors qu'elle sentait le vélo lui échapper, elle se souvint de la grosse branche lisse qu'elle avait évitée de justesse à l'aller.

Emportée par son élan, elle ne put retenir son vélo qui dérapa vers le bord du talus, fort heureusement du côté du château et non du vide, et bascula dans le fossé.

Elle tomba en vrac, sans se faire mal.

Elle se redressait déjà quand la lumière la frappa, directe, brutale.

Elle comprit aussitôt que c'étaient les phares de l'autochenillette qui balayaient la route et la clouaient sur place, tel un chat surpris.

Elle n'eut même pas le réflexe de se baisser, fixant, pétrifiée, les énormes yeux ronds qui l'aveuglaient.

C'était fichu.

Il était trop tard pour prévenir Ilyana et son père. Ils allaient se faire prendre. Le professeur serait attrapé par les Allemands, son invention, utilisée pour faire Dieu sait quoi… peut-être changer le futur, ou le passé ? Quant à Ilyana… qu'allaient-ils faire d'elle ? L'envoyer dans un de ces endroits où on faisait mourir les gens ? Au souvenir des yeux froids, impitoyables, de l'officier à l'uniforme noir, dans le tank, ce monstre qui n'avait de l'humain que l'apparence, Cassandre sentit monter en elle une peur atroce et un refus de tout son être…

Il fallait qu'elle fasse quelque chose.

Mais déjà des cris s'élevaient depuis l'autochenillette, ceux des soldats.

Elle devinait que des ombres sautaient de l'engin, avec des mouvements souples et retenus de fauves.

Il y eut un ordre aboyé en allemand, une ombre menaçante se découpa sur la clarté des phares, une ombre que prolongeait la forme meurtrière d'une mitraillette.

Chapitre 9

Résignée, consciente que tout était perdu, elle allait lever les mains au-dessus de sa tête quand elle sentit soudain…

La réalité, autour d'elle, sembla se distordre, tout ce qui l'entourait, se fragmenter, comme à travers un kaléidoscope. Un étrange sentiment de flottement la saisit, une légère nausée, une sensation, qu'elle n'avait ressentie que quand…

Une autre lumière éclata juste à côté d'elle, une lumière qu'elle ne devait pas être la seule à voir, car elle entendit monter du véhicule des exclamations étonnées qui culminèrent quand une silhouette pâle, celle d'une femme, apparut au-dessus d'elle, semblant flotter dans les airs, avant de disparaître… emportant Cassandre.

Une fois encore, elle eut la sensation de tomber, à une vitesse extraordinaire, dans un étrange tunnel obscur, longtemps, très longtemps, ou bien une seconde, elle n'aurait su le dire… Cette impression cessa brusquement quand elle roula à nouveau dans l'herbe avec son vélo, qu'elle heurta au passage de la cuisse, avant de s'immobiliser.

Groggy, une douleur lancinante montant de sa jambe, elle se redressa tant bien que mal.

Il fallait qu'elle sache.

Se mettant debout, elle constata qu'elle se trouvait dans le même tronçon de chemin, mais curieusement de l'autre côté, tout près de la pente.

Il faisait toujours nuit, mais une nuit plus claire… et beaucoup plus froide.

Les arbres, autour d'elle, avaient perdu leurs feuilles. Elle pouvait donc voir, à travers les troncs et les branches pelés, la vallée et le village dont elle devinait les maisons. Les fenêtres brillaient dans le noir comme un semis de lumière ou une colonie de lucioles… un village bien plus important que celui qu'elle venait de quitter… celui où se trouvait la cité de sa grand-mère.

Alors qu'elle regardait cet environnement familier, rassurant, elle vit les phares de plusieurs véhicules filer sur la route départementale. Des gens qui rentraient de la ville, sûrement. Elle parvint même à distinguer la forme d'une voiture… une voiture du XXIe siècle.

Chapitre 9

– Non… Non… Non… répéta-t-elle.

Elle était de retour en 2022.

Elle avait échappé aux Allemands, mais cela ne lui apportait nul réconfort…

Chapitre 10

Chroniques du passé

Elle devait rentrer chez sa grand-mère. Que faire d'autre ?

Elle redressa son vélo, l'enfourcha, laissa à son regard le temps de s'habituer à nouveau à l'obscurité.

Par chance, la lune presque pleine ce soir-là et haut dans un ciel sans nuage inondait la vallée de sa pâle clarté.

On était loin d'être en été. Le froid vif de cette nuit de septembre la saisit et la mordit tout au long de sa descente et du trajet jusqu'à la cité.

Elle le remarqua à peine tant elle était préoccupée par ce qui était arrivé à son amie.

Ce qui était arrivé, car, même si pour elle, ces événements venaient juste d'avoir lieu, cela faisait soixante-dix-huit ans que ces faits s'étaient déroulés.

C'était à en devenir folle !

Ces pensées tournaient et retournaient dans sa tête alors qu'elle approchait de la maison de sa grand-mère.

Frigorifiée, claquant des dents, dans son petit ensemble froissé et crotté, elle ouvrit la porte du garage qui céda sans résistance, pour y ranger son vélo.

Elle s'apprêtait à entrer, se demandant déjà ce qu'elle allait raconter à sa grand-mère pour justifier son retour tardif. Sa main se tendait vers la poignée quand son regard tomba sur la manche tachée de son chemisier.

La jupe, le chemisier…

Elle n'était pas habillée comme ça quand elle était partie.

Pour elle, presque une dizaine de jours s'étaient écoulés, mais pour sa grand-mère ? Dix jours également ? Ou bien était-elle revenue exactement au moment où elle avait disparu ? Quelques heures après ?

Comment le savoir ?

Elle tira son portable du petit sac que lui avait prêté Ilyana, le ralluma.

Elle pesta sur la lenteur de l'appareil, alors qu'il affichait le logo de la marque, puis se mettait en route, avant de le déverrouiller et de consulter l'écran.

19 septembre 2022.

Le jour même où elle était partie… Et l'heure ? 20 h 34. Il était tard, mais pas trop, cela expliquait que sa grand-mère n'ait pas encore appelé la police. Il lui était déjà arrivé de rentrer à cette heure-là, même si c'était exceptionnel. Il y avait fort à parier qu'elle allait se faire sonner les cloches.

Restait le problème des vêtements. Comment allait-elle justifier qu'elle revenait habillée comme une jeune fille des années 1940 ? En fait, habillée exactement comme sa grand-mère l'était à l'époque ? Qu'est-ce que cette dernière allait imaginer en la voyant ainsi attifée, surtout dans cette jupe et ce chemisier déchirés et froissés ? Elle préférait ne pas y penser.

Il fallait qu'elle rentre sans se faire repérer, le temps de se changer et de redevenir une ado du XXIe siècle.

Heureusement pour elle, Mamie Gisou, même si elle gardait encore bon pied bon œil, avait perdu un peu de son audition. Elle lui faisait parfois répéter les phrases ou lisait sur ses lèvres.

Si elle ouvrait la porte du séjour avec délicatesse et se glissait dans sa chambre en catimini…

Les volets de la grande porte-fenêtre du salon étaient encore ouverts. Elle jeta un regard à l'intérieur. Personne… Les accords d'un opéra résonnaient (ce devait être *Nabucco*, à ce qu'elle entendait, ce qui l'arrangeait : le son ample couvrirait le bruit qu'elle pourrait faire).

Elle avança un peu, s'approcha de la fenêtre de la cuisine pour trouver, sans surprise, sa grand-mère affairée au-dessus de ses poêles, en train de lui préparer quelques délicieuses spécialités dont elle avait le secret. Sur un plat reposait une véritable montagne de merveilles, ces succulents petits beignets corréziens dont elle lui avait appris la recette.

Une vague de tendresse inonda le cœur de Cassandre.

Rassérénée, elle se retourna et fila vers l'entrée.

Il n'y avait plus qu'à espérer qu'elle ne soit pas verrouillée.

Sa main se tendit vers la poignée. Elle prit une grande inspiration, pesa dessus…

La porte s'ouvrit.

Sans perdre un instant, elle s'engouffra à l'intérieur, referma aussitôt. Pliée en deux, elle fila ventre à terre vers sa chambre, passant en trombe devant la cuisine en s'assurant que sa grand-mère ne regardait pas dans sa direction.

Là, en moins de quelques minutes, elle se défit de sa jupe et de son chemisier, les glissa sous son lit et s'empressa d'enfiler des vêtements du XXIe siècle. Leur contact doux et extensible, si différent de la sensation que lui avaient procuré ceux qu'elle venait de quitter, lui donna, plus que tout le reste, l'impression de se retrouver chez elle.

Elle termina par ses chaussons fourrés et son pilou rose à capuche de chat dont saillaient deux petites oreilles… C'était parfait, d'autant plus qu'elle claquait encore des dents après le froid de l'extérieur.

Ainsi équipée, elle sortit de sa chambre. Faisant volontairement beaucoup de bruit, elle se dirigea vers la cuisine pour clamer :

– Coucou Mamie ! Je suis rentrée !

Celle à qui elle s'adressait se retourna d'un coup et faillit laisser tomber la louche qu'elle tenait en la découvrant.

– Ma Filloute ! Te voilà enfin ! (Elle s'approcha d'elle pour la prendre dans ses bras :) Tu m'as fait une de ces peurs ! Si tu n'étais pas rentrée dans un quart d'heure, j'aurais appelé tes parents et la police ! Ce n'est pas gentil de me faire des frayeurs pareilles ! Où étais-tu ?

Cassandre se trouva prise au dépourvu. Elle n'avait pas préparé d'explication à son retard. Elle improvisa.

– Oh ! Je suis allée me promener près du château puisque tu m'en as parlé cet après-midi. (Elle haussa les épaules.) Je n'ai pas vu passer l'heure…

– Quand même, protesta sa grand-mère qui s'était écartée. Tu n'avais pas vu qu'il faisait nuit ? Il fait froid en plus, et tu n'étais pas assez couverte pour rester dehors. (Elle lui toucha la joue de la main.) Tu es glacée. (Elle plissa les yeux d'un air soupçonneux.) Tu as les cheveux tout emmêlés. Dis-moi, tu n'aurais pas fait des bêtises avec un garçon, toi ?

– Mamie ! protesta Cassandre. J'ai douze ans !

Cela n'eut pas l'air de convaincre sa grand-mère mais Cassandre qui, en d'autres circonstances, s'en serait énervée, jubilait intérieurement. Si sa grand-mère partait sur ce sujet, jamais elle ne soupçonnerait la vérité.

– Ce serait pas le fils Cantuel, des fois ? J'ai vu comment il te regardait.

– Lui ! s'exclama Cassandre avec une grimace évocatrice, en se représentant le rouquin au visage de fouine. Beurk ! On dirait un gobelin !

Sa réaction spontanée et tout ce qu'il y a de plus sincère dut convaincre sa grand-mère, qui conclut néanmoins :

– Je veux bien te croire, mais à l'avenir, je t'en prie, rentre avant la tombée de la nuit. En cette saison, ce n'est pas raisonnable de traîner dehors. Tu vas finir par te rendre malade. (Elle ajouta en fronçant le nez :) Et puis va prendre une douche, on dirait que tu t'es roulée par terre.

Ce disant, elle retourna vers la magnifique poêlée de pommes de terre qui était en train de rissoler sur la cuisinière et embaumait toute la maison.

– Je t'attends dans un quart d'heure, allez ouste !

Cassandre, soulagée, ne se fit pas prier et disparut dans la salle de bains alors qu'un doux sourire étirait les lèvres de sa grand-mère.

– Il faut bien que jeunesse se passe…

Un quart d'heure plus tard, c'est avec un bel appétit que Cassandre avalait la deuxième assiette de truffade filante à souhait que sa grand-mère venait de lui servir. Une seule portion de ce plat délicieux, qui renvoyait au rang de cuisine allégée jusqu'à la tartiflette, suffisait d'habitude à la caler, mais pas ce soir.

Une fois rassasiée, elle posa enfin à sa grand-mère la question qui lui brûlait les lèvres depuis le début du repas :

– Mamie, qu'est-ce que tu sais sur cette famille juive qui s'est réfugiée au château pendant la guerre ?

Sa grand-mère haussa un sourcil.

– Tiens, je croyais que le sujet ne t'intéressait pas ?

– J'étais bête, je te demande pardon.

Et pour le coup, Cassandre pensait chacun des mots qu'elle prononçait.

Le regard clair de sa grand-mère parut un peu s'éloigner, comme si elle replongeait des années en arrière…

– Je ne sais pas exactement ce qui s'est passé ce soir-là. C'était en avril 1944, pas très longtemps avant la fin de la guerre. Les Allemands savaient que les Alliés préparaient une grosse opération, les choses allaient mal pour eux en Russie, en Italie. Ils étaient sur les dents.

– Ça, je sais, mais ces gens au château…

– De ce que j'ai appris, ils étaient deux, le père et sa fille. Je crois qu'ils venaient d'un pays de l'Est.

– De Pologne, précisa Cassandre avant de se mordre la langue.

– Comment sais-tu ça ?

– Oh ! Je… C'est toi qui me l'as dit, répondit aussitôt Cassandre.

Sa grand-mère parut réfléchir deux secondes.

– Je ne me rappelle pas… (Elle secoua la tête.) Enfin, ils avaient été cachés par le comte d'Aigueperse, je crois que c'étaient des amis. On ne les avait jamais vus au bourg, mais la femme de ménage, une dame du village, montait au château une fois par semaine. Ils devaient prendre grand soin de se cacher, quand elle venait, mais elle les avait surpris une fois, et comme elle était bavarde, elle en avait parlé à d'autres, alors on savait qu'ils étaient là.

La femme de ménage, songea Cassandre… C'était probablement la dame dont les SS avaient pris le mari, ou bien une de celles à qui elle avait vendu la mèche.

– Elle avait repassé leurs vêtements et elle disait qu'il y avait une étoile bleue cousue sur l'un d'eux... Donc elle savait qu'ils étaient juifs.

Sa grand-mère marqua une pause avant de continuer :

– Un jour, les SS sont venus au village avec un char, une autochenillette et des soldats. Ils ont réuni tous les gens du bourg sur la place du Sully. Leur chef, celui qui pilotait le tank, a demandé si nous avions vu ces gens en montrant des photos. Il a menacé d'exécuter tout le monde si on ne lui disait pas ce qu'il voulait savoir... (Elle marqua une nouvelle pause. Son front se plissa d'une nouvelle ridule, ses yeux se teintèrent d'un zeste de peur.) Cet homme et les autres, ces SS, ils étaient terrifiants... ils n'étaient pas...

– Humains, acheva Cassandre qui revoyait encore les yeux glacés et prédateurs de l'officier SS alors qu'il braquait son arme sur le pauvre malheureux.

Pour sa grand-mère, la scène datait de soixante-dix-huit ans, mais elle était très fraîche dans la mémoire de Cassandre.

Sa grand-mère murmura, en lui glissant un étrange regard :

– C'est ça.

Cassandre la relança :

– Et après, qu'est-ce qui s'est passé ?

Elle allait enfin savoir ce qu'il était advenu de son amie.

Une fois encore, sa grand-mère lui dédia un coup d'œil surpris.

– Tu es sûre que tu veux le savoir ? C'est bien triste.

Cassandre se crispa. Ses mains, cachées sous la table, se fermèrent en poings. Incapable de prononcer un mot tant l'angoisse de ce qu'allait dire sa grand-mère la tenaillait, tant sa gorge était serrée, elle hocha la tête.

– Très bien, acquiesça sa grand-mère, la voix plus grave. On ne sait pas très bien ce qui s'est passé, mais ce dont on est sûr, c'est que les SS sont montés au château et qu'il y a eu une explosion. Un incendie. Le père du comte est mort cette nuit-là.

La gorge de Cassandre se serra davantage. Monsieur le comte, le père de Martin. Ce monsieur distingué et gentil qui faisait de si délicieuses tartines et n'avait pas l'air d'avoir, en lui, une once de méchanceté... mort.

Sa grand-mère, tout à son histoire, poursuivait déjà :

– Le père de la jeune fille... (Elle désigna la photo qui trônait sur la cheminée, cette photo que le comte avait prise il y avait soixante-dix-huit ans, cette photo sur laquelle Cassandre posait avec Ilyana.) Lui aussi est mort, dans l'explosion je crois, ou dans l'incendie qui a suivi...

Le père d'Ilyana aussi... Les ongles de Cassandre s'enfonçaient dans sa paume, lui faisaient mal. Elle trouva pourtant la force de demander, dans un coassement rauque :

– Et la jeune fille ?

– Certains disent qu'elle est morte dans l'incendie, elle aussi. En tout cas, personne ne l'a jamais revue.

Cassandre sentit des larmes monter à ses yeux. Elle les refoula, à grand-peine.

Ilyana, son amie, morte ? Après tout ce qu'elle avait traversé, tout ce qu'elle avait enduré ? Elle qui s'émerveillait de ce monde, du moindre brin d'herbe, elle qui avait une si belle âme.

– Ce n'est pas juste, murmura-t-elle d'une voix étranglée.

Sa grand-mère, devinant enfin le trouble de Cassandre, s'approcha d'elle et la prit dans ses bras :

– Oh ! Ma Filloute ! C'est bien que tu ne sois pas indifférente à tout ça, mais c'était il y a longtemps, tu sais. Il faut laisser les morts en paix.

Mais elle se trompait. Cela ne faisait pas longtemps pour Cassandre, pas longtemps du tout. Et contre sa poitrine, elle sentait encore la présence du chandelier à sept branches que lui avait offert son amie.

Sa grand-mère poursuivait déjà :

– Tu sais, il s'est passé des choses étranges, ce jour-là. Cette dame blanche qui est apparue à trois reprises… et cette jeune fille que j'ai croisée au village, cette jeune fille qui me ressemblait comme deux gouttes d'eau, et que je n'ai jamais revue... Je ne t'ai jamais raconté cette histoire ?

Mais Cassandre n'écoutait déjà plus.

– Trois fois, tu dis ?

– Pardon, ma Filloute ?

– La dame blanche, tu dis qu'elle est apparue trois fois ?

– C'est ce qu'on dit, oui, répondit sa grand-mère qui ne comprenait pas. Mais je ne vois pas ce que...

Cassandre, elle, voyait. Elle voyait très bien. Cela voulait dire que la jeune scientifique, qui avait déjà fait deux expériences, une première qui l'avait expédiée là-bas, une seconde qui l'avait ramenée ici, allait faire une troisième tentative... et donc ouvrir à nouveau un portail, un tunnel... comment avait-elle dit ? Un vortex... vers 1944.

Sauf que cette fois, ce ne serait pas elle qui l'emprunterait... mais Cassandre... Elle l'emprunterait et sauverait son amie et son père.

Après le repas, prétextant une fatigue qui n'était pas feinte, au grand étonnement de sa grand-mère, elle partit se coucher. Au moment où sa tête toucha l'oreiller, elle savait déjà ce qu'elle allait faire.

Demain, elle retournerait au château, rallumerait la machine et, d'une manière ou d'une autre, reviendrait en 1944 pour changer ce qui s'y était déroulé. Tant pis pour les conséquences, l'espace-temps, le continuum et que savait-elle encore…

Chapitre 11

Piratage temporel

Sa nuit fut agitée.

En vérité, bien que sachant que cela ne changeait rien, puisque le temps passé ici n'avait aucune incidence sur le moment de son retour en 1944, elle était impatiente, comme si chaque minute pouvait être décisive…

Elle tournait dans son lit, essayant de réfléchir à la manière dont elle allait s'y prendre.

Pour une fois, ce fut elle qui se réveilla la première et petit-déjeuna avec un solide appétit.

À peine sa grand-mère fut-elle levée qu'elle la bombarda de questions, dont la première, qui l'avait taraudée toute la nuit :

– Qui est propriétaire du château maintenant ?

– Mais madame la comtesse, bien sûr, la veuve de monsieur le comte. (Sa grand-mère ajouta, après un instant :) Une dame très gentille d'ailleurs. Très à l'écoute des autres. Tu l'as déjà vue.

– Et monsieur le comte, comment il s'appelait ?

– En voilà, une drôle de question ! Martin, je crois… Il a disparu ce terrible soir. On dit qu'il est entré dans la Résistance. Il n'est revenu que bien après la guerre. Il avait fait fortune à l'étranger, en Amérique, je crois. Il a fait rénover le château, puis il a rencontré madame la comtesse dans les années 1950, une dame plus jeune que lui d'une dizaine d'années. Ils se sont mariés et sont restés ici. Des gens très gentils. Un beau couple. Il est mort voici quelques années. (Sa grand-mère lui lança un regard curieux.) Pourquoi ça t'intéresse à ce point ?

– Oh ! C'est pour mon exposé, répondit aussitôt Cassandre, fière d'elle. Je vais peut-être parler de cette histoire alors il faut que j'en sache un maximum. (Elle ajouta, en se levant de table :) Merci Mamie.

– Que fais-tu aujourd'hui ? s'enquit sa grand-mère avec un regard suspicieux.

– Je vais aller du côté du château pour prendre quelques photos. Ça pourrait me servir.

– Fais bien attention à ne pas déranger madame la comtesse. Je crois qu'elle a du monde en ce moment.

– Bien sûr Mamie, tu me connais, répondit Cassandre qui sortait déjà, sa doudoune sur le dos.

– Oui, justement… soupira sa grand-mère alors qu'elle refermait la porte derrière elle.

Cassandre grimpa le chemin, cette fois presque sans effort, mais avec le souvenir omniprésent de la course de sa nuit précédente, soixante-dix-huit ans plus tôt (elle ne s'y faisait pas), avec l'autochenillette sur ses talons.

Elle dissimula une fois encore son vélo dans les fourrés et traversa le petit bosquet.

Là, elle observa la cour.

Le matin, elle ne vit personne. Le château paraissait désert. Elle se faufila donc discrètement jusqu'à la tour où se trouvait la machine. S'assurant que personne ne la regardait, elle essaya d'ouvrir la lourde porte de chêne. Mais elle eut beau peser sur la poignée, celle-ci refusa de céder.

Pestant et rageant, elle força encore, quand il lui sembla ressentir, sur sa nuque, comme le poids d'une attention aiguë. Le genre de sensation qu'on éprouve quand quelqu'un nous observe.

Elle balaya la cour du regard. Personne.

Elle se figea.

Là-haut, à un des étages, il lui sembla voir un rideau qui bougeait. Elle aurait juré deviner une silhouette qui disparut aussitôt.

Elle décida de battre en retraite dans le bosquet. Comme il n'était pas loin de midi, elle retourna chez sa grand-mère pour ne pas l'alarmer. Mais à peine le déjeuner avalé, elle fila de nouveau à son poste d'observation.

Cette fois, elle ne fut pas déçue.

Le 4 × 4 était dans la cour, le coffre ouvert. La jeune scientifique en déchargeait tout un fourbi d'appareils électriques et électroniques que la vieille comtesse l'aidait à transporter, dans la mesure de ses moyens.

Le manège dura une bonne demi-heure, entrecoupé de quelques pauses pendant lesquelles la jeune femme demeurait invisible, puis ressortait de la tour pour effectuer des raccords à une grosse boîte.

Cassandre, désireuse de savoir ce qu'elles disaient, se rapprocha pour se cacher derrière le mur de la dépendance et tendit l'oreille.

La jeune scientifique, très affairée, parlait à la comtesse qui transportait un petit appareil.

– J'ai lancé un scan sur les flux tachyoniques. Je suis sûre qu'il va y avoir un pic ce soir, vers dix-huit heures. C'est là qu'il faut que j'active la machine pour créer le pont entre les deux époques…

Le pont entre les deux époques.

Dix-huit heures. C'était donc là son ticket pour le voyage en arrière. Il fallait qu'à dix-huit heures, elle soit…

– Mais tu as dit que les deux fois, il y a eu une interférence, intervint la comtesse.

– Oui. (La jeune chercheuse était en train de brancher un autre câble à la grosse boîte.) J'ai l'impression que quelqu'un a voyagé avec moi à l'aller, mais aussi au retour, or c'est impossible. Moi, je n'y suis restée que quelques secondes. Ça voudrait dire que cette personne y est restée plus longtemps. Une semaine peut être, plus… Je ne vois pas comment. Et puis, qui ? (Cassandre, qui l'observait depuis sa cachette, la vit hausser les épaules.) De toute manière ça n'arrivera plus, j'ai resserré le faisceau. Normalement, seuls ceux qui se trouvent dans la pièce pourront être pris dans le flux et ça ne durera pas longtemps, j'ai programmé le minutage sur une heure. Après, ce sera retour automatique ; et ce sera la dernière fenêtre. Quoi que je fasse, il faudra le faire en moins d'une heure.

Sur ce, elle entra dans la tour, laissant Cassandre dans une grande agitation.

Il fallait à tout prix qu'elle s'introduise dans le bâtiment et prenne la place de la jeune scientifique.

Mais comment faire ?

Elle attendit, hésitant, observant. Mais il y avait toujours quelqu'un…

À dix-sept heures, elle n'avait pas bougé.

La scientifique semblait avoir terminé ses préparatifs quand la comtesse l'appela dans le château.

Pestant et râlant, la jeune femme posa ses outils. Dans le soir qui tombait, elle se dirigea vers la grande bâtisse.

C'était l'ouverture que Cassandre attendait !

Elle traversa la cour et s'engouffra dans la tour, dévala les marches en colimaçon pour parvenir en bas.

La machine, celle du père d'Ilyana, était toujours là, semblable à ce qu'elle était en 1944, si on omettait les engins qu'on lui avait raccordés : ordinateurs, moniteurs et autres appareils complexes…

Pour l'instant, tout semblait mort et silencieux, mis à part quelques diodes et un écran présentant des diagrammes complexes.

Suspendue à une patère, une étrange combinaison blanche et légèrement brillante, qui semblait constituée de milliers d'alvéoles réfléchissantes, lui faisait face.

Elle s'en approcha. Il y avait, sur le poignet du vêtement, une sorte de panneau de contrôle miniature, dont un bouton saillant, plus gros que les autres, qui activait certainement quelque chose…

Elle était en train d'étudier le mécanisme quand elle entendit des pas descendre l'escalier.

Elle se réfugia en bas des marches, juste derrière des caisses, où elle serait invisible, du moins si on n'y regardait pas de trop près…

À peine venait-elle de s'y rencogner que la scientifique et la comtesse arrivèrent dans la salle.

La jeune femme alluma sans attendre les appareils complexes qui s'éveillèrent les uns après les autres sous les yeux de la comtesse.

– C'est pour bientôt, lança la scientifique.

Elle tapa une dernière séquence de code, pressa une touche. Les anneaux de la machine se mirent lentement en route, tournant chacun dans un sens. La phosphorescence spectrale que Cassandre avait déjà surprise commença à baigner la pièce, accompagnée d'un bourdonnement grave qui monta rapidement dans les aigus.

– Et maintenant, que vas-tu faire ? demanda la comtesse en fixant la machine.

– J'enfile la combinaison. Je me positionne sur la plate-forme, entre les anneaux. J'appuie sur la commande. (Elle avait saisi la manche de l'habit blanc et le bouton en relief.) Et je plonge.

C'était tout ce que Cassandre avait besoin de savoir. Maintenant, il fallait juste qu'elle parvienne à s'emparer de la combinaison, mais ça…

– Allez Mamie ! Il faut que tu remontes. Ce serait dangereux que tu restes dans la pièce. Tu risquerais d'être aspirée dans le vortex et je ne sais pas bien ce qui pourrait arriver. Je te larguerais en 1944 ou quelque part entre cette époque et maintenant… c'est trop risqué.

La comtesse acquiesça et se retournait pour monter la première marche quand elle trébucha et tomba avec un petit cri.

– Mamie ! s'exclama la jeune femme en se précipitant vers elle. Ça va ?

Alors que la vieille dame, à quatre pattes, se redressait et se tournait pour répondre, Cassandre eut l'impression que ses yeux, passant sur la poche d'ombre où elle se trouvait, se posaient droit sur elle et s'écarquillaient… Un terrible instant, elle craignit d'avoir été découverte.

Elle devait être mieux cachée qu'elle ne le pensait, car la comtesse se contenta d'achever son geste.

– Je suis désolée ma chérie, c'est si bête. Je me suis pris le pied dans un de tes câbles.

– Ça va aller ? demanda la jeune femme en la soutenant pour l'aider à se relever.

La comtesse posa le pied sur une marche, fit une grimace :

– Je crois que tu vas devoir m'aider.

– Tu as le chic pour choisir le bon moment, râla la jeune scientifique qui n'en assura pas moins sa prise et aida sa grand-mère à monter les marches. Ne t'inquiète pas, ça n'est pas à la minute près, le pic va durer une heure…

La comtesse poussant de petits grognements, elles commencèrent à gravir les marches.

Cassandre attendit qu'elles aient disparu et, sans une hésitation, fonça dans la pièce.

Sans prendre le temps de réfléchir, elle se rua sur la combinaison et la décrocha de sa patère. Surveillant la cage d'escalier, elle se défit de ses propres vêtements pour ne garder que son slip, sa brassière, et l'enfiler.

L'habit était extrêmement extensible, comme une sorte de collant, une espèce de maille blanche et scintillante qui la moula parfaitement, comme une seconde peau.

Elle était munie d'une sorte de capuche. Cassandre se demanda s'il fallait la rabattre. Dans le doute…

Transformée en silhouette pâle et fantomatique, elle se tourna vers la machine.

C'était le grand moment.

Les anneaux tournaient devant elle, dans la clarté spectrale.

Il fallait qu'elle monte sur le plateau et enclenche le mécanisme.

Et si la jeune scientifique s'était trompée dans ses calculs, se demanda-t-elle un instant, si quelque chose…

Mais Ilyana était en danger. Elle avait besoin d'elle. Elle était la seule à avoir une chance de les sauver, elle et son père.

Sa main se porta contre sa poitrine où, sous la maille moulante, elle sentait le léger renflement du chandelier à sept branches.

– Toujours, murmura-t-elle.

Ses doutes balayés, se glissant entre les anneaux en mouvement, elle monta sur le plateau.

Là, dressée au milieu de la pièce, elle prit une grande inspiration. Son bras se leva, sa main s'approcha du mécanisme de contrôle sur son poignet, son doigt en suspens au-dessus du bouton d'activation.

– Eh toi ! Qu'est-ce que…

La jeune scientifique se tenait à l'entrée de la pièce et la fixait, les yeux écarquillés, juste avant de se précipiter vers un des panneaux de commande.

Elle allait couper l'alimentation de la machine et l'empêcher de partir à sa place.

Cassandre pressa le bouton.

Le sifflement s'intensifia aussitôt, les anneaux accélèrent leur rotation.

Elle plongea.

Chapitre 12

La nuit du 14 avril

Cela faisait trois fois, déjà, qu'elle plongeait dans l'espace-temps, mais elle ne s'y faisait pas. Le vertige et la perte de repères étaient toujours aussi désagréables.

Cette fois au moins, elle savait où elle allait.

Elle eut l'impression que la «plongée» était plus compliquée, plus éprouvante… un déchirement. Elle aurait crié si elle l'avait encore pu.

La sensation de chute cessa brusquement, remplacée par une autre, plus réelle.

Elle roula sur elle-même, vers ce qui lui semblait être des feuilles, avant de heurter quelque chose qui l'arrêta brutalement en lui coupant le souffle.

Un tronc d'arbre.

Elle allait se redresser quand elle entendit, plus bas, un bruit qu'elle connaissait. Celui qui l'avait poursuivie la veille…

Elle tourna le regard vers le bas de la pente pour découvrir l'autochenillette arrêtée sur le sentier forestier, épinglant, dans la clarté de ses phares, une silhouette vers laquelle se dirigeait un soldat portant une mitraillette, une silhouette en jupe et en chemisier qu'elle reconnut aussitôt, puisque c'était elle…

Un instant, alors que le SS aboyait l'ordre qu'elle avait déjà entendu, elle fut prise d'un sentiment d'irréalité.

Elle venait d'apparaître juste avant que…

À peine cette pensée la traversait-elle qu'une étrange moirure entoura son double, puis une silhouette blanche, qui disparut en l'emportant dans un éclat de lumière.

Ne demeurèrent plus, sur la route, que l'engin et le soldat qui observait stupidement l'endroit où elle s'était tenue.

Des cris fusèrent du véhicule, auxquels répondit le SS qui balayait les bois alentour du regard et du canon de son arme.

Alors même qu'il levait les yeux vers elle, Cassandre prit conscience que, revêtue de sa combinaison blanche réfléchissante, elle devait être visible comme le nez au milieu de la figure, ou plutôt, comme une dame blanche, une de ces apparitions sur lesquelles couraient tant de légendes que sa grand-mère se plaisait à lui raconter.

Cette pensée avait à peine eu le temps de lui traverser la tête que le soldat tendit le bras droit vers elle.

– *Hier*[1] *!*

Cassandre n'attendit pas la suite.

Se retournant, elle se mit à courir sur la pente en direction du château alors que, derrière elle, montait un nouveau cri.

– *Halt!*

Pour celui-là, pas besoin de traduction.

---

1. «Ici!»

Elle avait à peine parcouru une quinzaine de pas que les premiers tirs claquèrent, rebondissant d'un tronc à l'autre dans un *staccato* hargneux.

Elle sentit, autour d'elle, siffler les balles qu'on lui destinait, comme un essaim d'abeilles méchantes.

Elle préféra ne pas imaginer ce qui se passerait si l'une d'elles la touchait. Elle avait regardé suffisamment de films pour en avoir une idée.

Si seulement elle avait été moins visible ! Elle n'aurait pas pu être noire, cette combinaison ?

Zigzagant de droite à gauche pour présenter une cible moins facile, alors que les tirs s'espaçaient, elle parvint, essoufflée mais indemne, devant le portail.

En lançant un regard vers la cour, elle constata que le comte, Martin, Ilyana et son père étaient sortis. Le comte tenait dans ses mains un long fusil de chasse qu'il braqua aussitôt sur elle quand ils la virent courir vers l'entrée.

– Ne tirez pas ! cria-t-elle en rabattant sa capuche pour dévoiler son visage. C'est moi ! C'est Cassandre !

Le fusil s'abaissa alors que le comte la reconnaissait.

– Cassandre ? commença-t-il. Mais que… ?

Cassandre n'eut pas le temps de répondre qu'Ilyana se rua vers elle et la prit dans ses bras.

– Où toi être passée ? Je être vraiment inquiète. J'ai cru qu'il t'être arrivé quelque chose.

Elle lui donnait des coups de poing qui n'en étaient pas, et il y avait des larmes dans ses yeux.

Cassandre, bouleversée par la détresse sincère de son amie, répondit aussi vite qu'elle le put :

– Je suis désolée, Ilyana, désolée. Je suis allée au village. (Devant le regard que lui lancèrent le comte et le père d'Ilyana, elle ajouta, en alerte :) Oh ! et puis zut, on s'en fiche. Les SS arrivent !

– Les SS ? répétèrent aussitôt Ilyana et son père.

Dans leurs yeux, Cassandre devina la peur, une peur terrible. Et pour avoir assisté à ce qui s'était passé sur la place du village, elle les comprenait.

– Les coups de feu, c'est… commença le comte.

– Ils viennent ici ! Ils viennent pour vous ! cria-t-elle pour couper court à toute discussion, en désignant Ilyana et son père.

Il y eut un effroyable silence, avant que le comte ne lui demande :

– Mais comment ? Comment savent-ils ?

Il la fixait, soupçonneux, et Cassandre, alors que montait vers eux le bruit du moteur de l'autochenillette, comprit qu'il croyait que c'était elle qui les avait dénoncés. Elle en eut le cœur brisé, mais s'empressa de répondre :

– C'est la femme de ménage. Ils ont pris son mari et menacé de le tuer si personne ne disait où se trouvait le professeur… Leur officier, il a dit qu'il tuerait des gens du village jusqu'à avoir une réponse. (Elle s'emporta.) Et puis on s'en fout ! Il faut partir, vous cacher !

Comme pour lui donner raison, le vrombissement du véhicule monta d'un cran… Les SS seraient là d'un instant à l'autre.

Le comte, comprenant l'urgence de la situation, ordonna :

– Très bien, vous allez suivre Martin. Il va vous indiquer l'entrée du souterrain du château, il n'est pas vraiment en bon état, mais il est praticable et il vous conduira plus loin, dans la forêt. De là, vous pourrez gagner le village de Laroquevieille. Il y a une grande maison avec des tuiles rouges, vous ne pouvez pas la rater. Tapez à la porte, celui qui habite là est un patriote et un résistant. Il vous cachera le temps que ça se tasse.

Il ajouta, en détaillant la combinaison de mailles immaculée de Cassandre :

– Et il faudrait que vous passiez quelque chose sur votre… habit du futur. Il est certes fascinant, mais un peu voyant.

Il se tourna vers son fils.

– Martin, va chercher une robe pour Mlle Cassandre.

Martin fila aussitôt, mais le père d'Ilyana s'avança en secouant les bras :

– *Nié !* Je ne peux pas faire ça, mon ami. Je dois rester ici pour détruire la machine.

Le comte se retourna.

– Sol, vous n'êtes pas sérieux, ils…

– Je suis on ne peut plus sérieux. J'ai fui la Pologne afin qu'Hitler et les nazis ne puissent profiter de mon invention. Imaginez ce qu'ils feront s'ils poursuivent mes travaux et obtiennent la faculté de voyager dans le temps. Ils pourront réécrire l'histoire à leur guise.

– Mais Sol, vous allez…

– Un monde dominé par les nazis, c'est cela que vous voulez ? Qu'ils balayent notre réalité pour en faire la leur ? Quelle place Ilyana et moi aurions-nous dans un pareil monde ? Et tous les hommes libres ? (Il acheva, comme le comte demeurait muet :) Je dois le faire, Hubert, c'est ma responsabilité.

Il avait à peine prononcé ces mots qu'Ilyana le ceinturait de ses bras.

Il y eut un échange de paroles dans leur langue natale, auquel Cassandre ne comprit rien, mais à l'expression de l'un et de l'autre, aux sanglots d'Ilyana et à ceux de son père, penché sur elle, elle n'en eut pas besoin.

Ce fut de force qu'il la décrocha de lui et la poussa vers elle alors qu'Ilyana murmurait, encore et encore, un seul mot :

– *Tata*[1].

– Je te la confie, lui lança le professeur en fixant Cassandre de ses yeux pâles. Protège-la.

– Toujours, répondit-elle en saisissant le bras de son amie qui se laissa faire.

Et jamais elle n'avait prononcé de mots avec une telle sincérité et une telle détermination.

Cassandre aurait bien aimé en dire plus, mais déjà, Martin revenait en lui tendant une robe empruntée à Ilyana qu'elle enfila à la diable sur sa combinaison. Il les pressa.

– Venez, je vous amène au souterrain.

– Dépêche-toi ! lui ordonna le comte. Je vais les retenir aussi longtemps que possible. (Se tournant vers elles, il ajouta :) Bonne chance, jeunes filles. Je suis ravi de vous avoir rencontrées, vous êtes aussi merveilleuses et braves l'une que l'autre.

Sur ce, son fusil à la main, comme un grand seigneur dérangé sur ses terres, il se dirigea calmement vers le portail.

1. « Papa » en polonais.

Déjà, la lueur des phares de l'autochenillette éclaboussait la grille.

Après un dernier regard en direction de sa fille, le père d'Ilyana disparut dans la tour où se trouvait la machine.

Suivant Martin, la jeune Polonaise se laissa traîner comme un petit fantôme sans volonté. Ils traversèrent la cuisine pour se retrouver dans un cellier. Là, Martin actionna une gâchette et fit pivoter une partie des rayonnages pour dévoiler une ouverture donnant sur un escalier de pierre plongeant dans le noir.

Prenant une lampe à huile sur une étagère voisine, il l'alluma et la lui tendit.

– Descendez et allez tout droit. Vous ne pouvez pas vous tromper. Vous continuez jusqu'au bout. Il y a une autre porte qui s'ouvre comme celle-là. Vous n'aurez plus qu'à vous diriger vers le village qui se trouve en bas de la pente.

– Mais… et toi ? Tu ne viens pas avec nous ? demanda Cassandre.

Martin secoua la tête.

– Non. Je dois aider mon père. Il va avoir besoin de moi.

– Non, ne… commença Cassandre, catastrophée par ce qu'impliquaient les paroles de Martin, car elle savait ce qu'il allait advenir du comte.

Ilyana, les yeux encore inondés de larmes, protesta elle aussi. Mais Martin caressa la joue de la jeune Polonaise, la regarda intensément, comme s'il voulait graver chacun de ses traits dans sa mémoire. Avant que l'une ou l'autre n'ait pu réagir, il s'approcha, posa un baiser sur ses lèvres, se retourna et détala dans la réserve.

– Martin… murmura Ilyana en fixant l'endroit où il avait disparu.

Déjà, de la cour, à travers la bâtisse, leur parvenaient des cris rauques, en allemand, auxquels répondait la voix calme et posée du comte.

Il y eut un bruit sec, celui d'une mitraillette.

Devinant ce qui s'était passé, Cassandre tira la main d'Ilyana. Brandissant la lampe devant elle après avoir refermé la porte du souterrain, elle entreprit de descendre l'escalier…

Elles avaient à peine dévalé une dizaine de marches qu'une explosion terrible secouait le bâtiment, faisant trembler tous les murs.

Cassandre, choquée, comprit que le professeur avait mis son plan à exécution… juste avant que, dans un grondement assourdissant, le plafond du souterrain, devant elle, ne s'effondre dans un nuage de poussière.

La route vers la liberté leur était coupée.

Chapitre 13

Le saut des anges

La poussière les environnait et les faisait tousser, coincées qu'elles étaient entre l'éboulement et la porte qui s'était refermée. Cassandre qui, sans être claustrophobe, avait toujours eu horreur des espaces clos, avait l'impression d'étouffer.

Elle parvint à apercevoir Ilyana, couverte de matière crayeuse, de la tête aux pieds, comme elle l'était elle-même. On aurait dit un petit fantôme. L'image aurait été drôle si l'instant n'avait pas été si dramatique.

– *Tata*, murmura la jeune Polonaise, et de nouvelles larmes, qui n'avaient pas pour origine la poussière environnante, roulèrent sur ses joues.

Cassandre comprit aussitôt. Cette explosion, c'était celle de la machine du professeur, ce qui signifiait que ce dernier avait sabordé son engin, et par conséquent…

Bouleversée, elle prit son amie dans ses bras et la serra fort.

Un instant, Ilyana demeura immobile, comme morte, puis un grand frisson la secoua. Elle s'agrippa à elle, tel un naufragé à une bouée au plus fort d'une tempête.

– Morts, Cassandre… Tous les gens que j'aime… Ils sont tous morts… Je n'ai plus que toi. Ne me laisse pas.

Cassandre répondit seulement, d'une voix étranglée rendue rauque par la poussière :

– Je ne mourrai pas, Ilyana. Je ne te laisserai pas… Je te le promets.

Elles demeurèrent ainsi, immobiles un long moment, oubliant le reste du monde, la nuit gigantesque et pleine d'êtres redoutables qui n'avaient de l'humain que l'apparence.

Un instant, il n'y eut plus qu'elles : deux cœurs battant à l'unisson contre les ténèbres, deux petits bouts de femme faisant rempart l'une à l'autre contre l'ombre.

Quand elles se séparèrent, Cassandre leva son visage vers la porte.

– Il faut qu'on sorte d'ici.

Ilyana, qui avait retrouvé un peu de force, objecta :

– Mais, si nous sortons, ils vont nous voir et nous prendre.

Il y avait de la crainte dans le regard d'Ilyana, crainte de ce qui hantait le château, derrière cette porte, ces loups en uniforme vert qui avaient déjà dévoré sa mère et sa sœur, là-bas, en Pologne. Ce soir, ils avaient pris son père, et probablement monsieur le comte et Martin.

– Si nous restons ici, ils finiront forcément par nous trouver, la contra aussitôt Cassandre qui était persuadée que le passage secret ne le demeurerait pas longtemps.

Coincées comme elles l'étaient, sans aucun moyen de fuir, elles n'avaient aucune chance.

– Si on arrive à se faufiler et à courir assez vite, on pourra disparaître dans les bois, descendre vers Laroquevieille et faire ce que nous a dit monsieur le comte.

– Se faufiler ? répéta Ilyana en la regardant comme si elle était une dangereuse malade.

– Oui, s'enfuir. Tu as une autre idée ? répliqua Cassandre en gravissant les quelques marches qui menaient à la porte.

Le silence d'Ilyana était assez éloquent.

Cassandre s'approcha donc du panneau de bois, l'examina, pour se rendre compte qu'aucun mécanisme visible ne permettait de l'ouvrir. Il se verrouillait tout seul et ne s'ouvrait que de l'autre côté.

Elles étaient faites, condamnées à demeurer coincées ici jusqu'à ce qu'on vienne les prendre.

Un instant, elle sentit s'abattre sur elle un noir désespoir, quand soudain la porte s'ouvrit d'un coup pour dévoiler une ombre menaçante que prolongeait le canon agressif d'une mitraillette. Celle d'un des SS qui se découpait au sommet de l'escalier.

Les yeux gris acier du soldat s'écarquillèrent de surprise.

Puis un sourire, un affreux sourire, celui du fauve qui vient de trouver ses proies, étira ses lèvres fines.

Son pistolet-mitrailleur braqué sur elle, il lança à l'intention de ses compagnons de meute :

– *Sie sind hier ! Kommt*[1] *!*

Confiant, il s'était à moitié tourné vers la réserve quand Cassandre, profitant de son inattention, perdue pour perdue, suivant sa nature, agit sans réfléchir.

Attrapant le bras qui tenait l'arme automatique, elle tira d'un coup sec, de toutes ses forces.

Surpris, le soldat dérapa en haut des marches, tenta de retrouver son équilibre, mais l'escalier, raide à souhait, ne lui en laissa pas le loisir.

Avec un juron, il bascula en avant. Battant inutilement des bras, il tomba en roulant jusqu'au tas de gravats qui l'immobilisa.

---

1. « Elles sont ici ! Venez ! »

Cassandre saisit la main d'une Ilyana pétrifiée et l'entraîna à sa suite alors que le SS, jurant et grognant, se redressait déjà.

Elles avaient à peine franchi la porte que Cassandre la referma derrière elle et se mit à courir vers l'entrée.

Elles jaillirent dans la cuisine. À leur suite, des coups sourds et furieux ébranlaient le panneau de bois qu'elle venait de claquer, bientôt suivis par une série de détonations sèches alors qu'une volée de balles traversait la serrure.

Il fallait sortir d'ici, vite, très vite…

La cuisine était éclaboussée d'une clarté rougeâtre venue du dehors. Cassandre, en lançant un coup d'œil à travers les fenêtres donnant sur la cour, entrevit la tour où se trouvait la machine du père d'Ilyana. Des flammes surgissaient de chacune de ses ouvertures. Plus loin, l'ombre d'un homme allongé à terre, immobile, mort sûrement… une grande silhouette habillée d'un gilet élégant… monsieur le comte. Derrière elle, il y eut un bruit de bois brisé.

– *Hier! Kommt*[1] *!*

Le SS s'était libéré.

Alarmés par son cri, ceux qui se trouvaient dans la cour se tournèrent vers la cuisine. Sous leurs casques de fer, leurs yeux, luisant à la clarté des flammes, se posèrent sur elles.

– Viens !

Saisissant le bras d'Ilyana, Cassandre l'entraîna en direction de l'escalier menant aux étages.

Déjà, les soldats s'engouffraient dans le château.

– *Halt!*

Elles tournaient sur le premier palier.

– Où on va ? demanda Ilyana alors que le martèlement des bottes ferrées résonnait sur les marches.

– On monte ! répondit aussitôt Cassandre, à bout de souffle, qui accéléra pourtant encore.

Où allait-elle ? Elle n'en avait aucune idée, mais il n'y avait pas d'autre chemin. En bas, c'était tomber dans les pattes de la meute, en haut…

---

1. « Ici ! Venez ! »

Un palier de plus, quelques marches raides en colimaçon, une porte rustique. Elle l'ouvrit à la volée.

Un courant d'air tiède balaya son visage alors qu'elles débouchaient sur la nuit, sous le ciel immense piqueté d'étoiles.

Elles se trouvaient au sommet d'une des tours qu'aucune rambarde ne séparait du vide. À deux mètres d'elles, c'était le plongeon jusqu'à la cour ou vers les bois, trente mètres plus bas.

Elles étaient piégées.

Dans l'escalier, elle entendait les pas sourds des SS qui gravissaient les marches. Sûrs qu'ils étaient de leur victoire, ils prenaient tout leur temps.

Elle fut à peine surprise de voir se dessiner, dans l'encadrement de la porte, la silhouette de celui qu'elle avait fait tomber.

Du sang maculait son visage et son nez était enflé. Cassandre en aurait presque ri si elle n'avait vu l'expression de ses yeux quand il les fixa toutes les deux.

– Ah ! jubila-t-il. *Klein Fraülein*[1]…

Devant ce regard, et ce qu'elles devinaient sur les traits acérés de ce fauve en uniforme, les deux jeunes filles reculèrent jusqu'au bord du vide.

Un pas, un pas de plus et c'était le grand saut…

– Cassandre… murmura Ilyana qui serrait sa main à lui en écraser les phalanges. Cassandre, je…

Cassandre allait répondre quand elle sentit soudain quelque chose, une étrange sensation… une sensation qu'elle commençait à bien connaître, celle de…

Se tournant vers son amie alors que le SS braquait sur elle le canon de son arme elle lui lança :

– Tu as confiance en moi ?

– Je…

– Tu as confiance en moi ? répéta Cassandre, un ton plus haut.

Il y eut un instant d'éternité ou Ilyana la fixa de ses yeux clairs et immenses, interrogateurs, avant de hocher la tête.

---

1. « Petites demoiselles. »

– Oui.

– Accroche-toi !

Elle saisit son amie à bras-le-corps au moment même où le soldat tendait sa main vers elles, et plongea dans le vide…

Il y eut un double cri, celui d'Ilyana et celui du SS, alors que le sol se rapprochait d'elle à une vitesse ahurissante… avant de se difracter et d'éclater en une lumière aveuglante qui les engloutit toutes les deux.

Une fois encore, Cassandre sentit tout son être se distordre, comme étiré sur des distances infinies. Cette fois pourtant, elle n'était pas seule, cette fois, Ilyana était avec elle, dans ce long tunnel où semblaient défiler les siècles. Son amie s'écarta d'elle… à peine… ce fut suffisant.

Comme une voile prise par le vent, elle lui fut arrachée et, avant qu'elle n'ait pu la rattraper, elle disparut, happée par le vortex…

La bouche de Cassandre s'ouvrit sans qu'aucun son ne sorte, jusqu'à ce qu'elle heurte l'herbe avec une violence à lui couper le souffle. Puis elle roula à terre.

Percluse de douleur, mais indemne, elle rassembla ses forces et se redressa pour chercher son amie du regard. Ne la voyant pas, elle l'appela une fois, deux fois, trois fois…

– Ilyana ! Ilyana ! Ilyana !

Sa voix se brisa en sanglots.

Ilyana n'était pas là, elle l'avait perdue… perdue dans le temps.

Chapitre 14

Le présent retrouvé

Quand elle eut fini de crier, de pleurer et de griffer la terre de ses mains, elle s'apaisa un peu.

Il y avait un moyen. Il y avait certainement un moyen. Après tout, la machine l'avait renvoyée en 1944. Si elle l'avait fait, elle pouvait le refaire. Cassandre avait déjà la combinaison. Si elle parvenait à s'introduire dans la tour, à la régler quelques minutes avant, elle pourrait revenir plus tôt et donc bénéficier du temps nécessaire pour sauver Ilyana, son père et le comte…

C'était possible, non ?

Elle voulait le croire. De toute manière, elle devait essayer, il le fallait. Elle ne pouvait pas rester sans rien faire alors que son amie…

Mais d'abord, où se trouvait-elle ?

Elle fit du regard le tour de ce qui l'entourait.

Elle était un peu plus proche du château cette fois… le calcul avait été plus ajusté.

Il fallait qu'elle remonte sur la machine, qu'elle la déclenche et qu'elle revienne une fois encore en 1944… et il fallait le faire maintenant !

Malgré ses membres douloureux, elle gravit à nouveau la pente, se faufila dans le bosquet, près de la grille où se trouvait le passage, se glissa à l'intérieur, et parvint de l'autre côté… pour surprendre un éclat de voix.

Elle lança un regard en direction de la bâtisse et distingua, à la lumière d'une fenêtre de la cuisine, les silhouettes de la scientifique et de la comtesse, visiblement en grande discussion.

Cassandre ne savait pas ce qu'elles disaient, mais la jeune femme, très agitée, gesticulait en expliquant quelque chose à la vieille dame. Celle-ci semblait l'écouter avec un calme imperturbable.

Cassandre sprinta vers la tour, espérant que ni

l'une ni l'autre ne la voient avant qu'elle n'ait disparu dans l'escalier…

Le regard de la vieille dame était-il plus affûté que la fois précédente ? Cette dernière éleva la voix.

– Cassandre !

Cette voix… Cassandre était tellement surprise d'entendre son prénom, et prononcé de cette manière, qu'elle faillit presque s'arrêter.

La scientifique se retourna, la regarda fixement… ses yeux s'écarquillèrent. Elle s'exclama :

– Eh, toi !

Cassandre n'attendit pas la suite. Alors que la jeune femme s'élançait à ses trousses, elle s'engouffra dans l'escalier qu'elle dévala quatre à quatre.

La lumière verdâtre baignait le sous-sol, signe que la machine fonctionnait encore. Cassandre pouvait donc y prendre place une fois de plus et lancer la procédure.

Les anneaux tournaient au ralenti, comme à l'instant où elle était partie, c'est-à-dire quelques minutes auparavant.

Elle traversa la pièce sans s'arrêter, bondit sur la plate-forme, se redressa…

La silhouette de la jeune scientifique, échevelée, déboula de l'escalier et se précipita vers les commandes.

– Non ! Ne fais pas ça !

Cassandre tendit le doigt vers le boîtier qui saillait au poignet de sa combinaison pour enclencher le système.

– Si tu fais ça, tu vas mourir !

Cassandre hésita.

– Vous mentez !

Alors que la scientifique s'approchait encore, elle ordonna :

– Ne bougez plus, ou j'appuie.

La jeune femme blonde dont le visage lui semblait vaguement familier lui répondit, sur un ton apaisant, comme si elle parlait à une enfant colérique :

– Calme-toi. Calme-toi… et ne fais pas ça… (Il y avait une telle sincérité dans sa voix, une telle inquiétude, que Cassandre ne put que la croire lorsqu'elle ajouta :) Le tunnel tachyonique s'est effondré sur lui-même. Il a presque disparu. Si tu appuies sur ce bouton, il y a 85 % de risques pour que tu finisses atomisée ou perdue entre deux époques. On ne retrouvera rien de toi…

– Je m'en moque ! Mon amie est là-bas. Elle est en danger, vous comprenez, et moi seule peux la sauver…

Elle criait à présent. Des larmes jaillissaient de ses yeux alors qu'elle pensait au regard d'Ilyana, à sa confiance qu'elle avait trahie.

– Moi seule. Je lui avais promis… Je lui avais promis…

Son doigt se tendit.

– Cassandre !

Elle se figea.

Cette voix encore… Cette voix, elle la connaissait, elle en était sûre maintenant, subtilement différente, plus éraillée, plus vieille, mais…

Elle tourna la tête.

La comtesse se tenait là, au bas des marches, son visage ridé mais souriant tourné vers elle.

– C'est inutile… tu m'as déjà sauvée.

Et ses yeux, ses immenses yeux bleus dans ce visage qui conservait, sous la patine des années, les traits de…

– Ilyana ? murmura-t-elle, abasourdie, ne pouvant y croire. Ilyana, c'est toi ?

Le sourire de la vieille dame s'agrandit encore. Ses yeux pétillèrent de cette lumière qui avait toujours été la sienne, malgré le malheur qu'elle avait traversé.

La comtesse, lentement, retroussa sa manche pour dévoiler le bracelet au dauphin d'or que Cassandre lui avait donné voici soixante-dix-huit ans…

Alors, comprenant que le miracle avait eu lieu, que son amie avait survécu à l'horreur de cette terrible nuit, Cassandre sauta de la machine et se jeta dans ses bras.

La vieille femme l'accueillit avec une exclamation ravie et lui rendit son étreinte.

Les années n'avaient pas altéré sa spontanéité ni sa chaleur. Cassandre, blottie contre sa robe, se laissa aller, libérant toutes les larmes qu'elle avait retenues, comme la comtesse le faisait elle-même, mais des larmes de bonheur.

Quand enfin elles s'écartèrent, Cassandre, fixant le visage de son amie, ce visage dont elle ne voyait plus les rides, mais seulement le sourire d'Ilyana, demanda :

– Mais comment… comment… je t'ai perdue… je t'ai perdue et…

La comtesse hocha la tête.

– Oui… Oui, nous avons été séparées, et je suis retombée au pied du château.

– Mais alors… commença Cassandre. Les SS, comment leur as-tu échappé ?

Un nouveau sourire étira les lèvres d'Ilyana.

– Je suis retombée, oui, mais pas en 1944… en 1953. Neuf ans après la fin de la guerre. J'ai retrouvé Martin. Il avait survécu en se cachant dans les bois. Il avait rejoint le maquis, puis, de là, l'Angleterre. Il avait combattu avec les Forces françaises libres, puis avait fait fortune aux États-Unis, avant de revenir ici, de revendiquer son domaine, et de tout reconstruire…

– Et toi… commença Cassandre, émerveillée.

– Je suis arrivée comme une fleur. (Ilyana avait encore un très léger accent.) Il m'a tout de suite reconnue. Il était devenu un homme. Et il m'a recueillie… (Elle ajouta avec un sourire :) Nous avions neuf ans de différence à présent. Alors il a attendu que j'aie vingt et un ans, il en avait trente, et il m'a demandée en mariage… (Elle sourit une nouvelle fois.) Si tu avais vu comme il était rouge, ce jour-là. Il a toujours été si timide… (Elle se tut un instant avant de murmurer :) Il est parti il y a sept ans, paisiblement, dans son sommeil, entouré de ceux qui l'aimaient.

Son regard, un regard de vieille dame, soudain, s'était un peu égaré.

Sa petite-fille s'approcha, entoura ses épaules d'un bras réconfortant.

– Et vous… demanda Cassandre à la scientifique. Vous saviez ? Vous saviez que j'avais essayé de sauver… votre grand-mère ?

La jeune femme acquiesça.

– J'avais entendu l'histoire de la dame blanche… tellement de fois… (Elle ajouta après un instant, avec une expression tendre :) Mais je croyais que ce serait moi. (Elle secoua la tête avant de l'observer avec intensité.) Merci Cassandre. Je suis heureuse de te rencontrer. Tu es une jeune fille extraordinaire et d'un grand courage.

– La meilleure, meilleure amie qu'on puisse jamais rêver d'avoir, murmura la comtesse, et Cassandre sentit à nouveau à ses yeux perler des larmes qu'elle ne chercha pas à retenir.

– Mais alors… reprit-elle soudain, comme les pièces du puzzle se mettaient en place. Tout à l'heure, je n'ai pas rêvé, tu m'avais vue.

Ilyana hocha la tête.

– Et tu n'as rien dit pour me laisser passer ? (Ses yeux s'écarquillèrent alors que la vérité s'imposait à elle.) Tu as fait semblant de tomber pour me permettre de monter sur la machine !

Ilyana se tourna vers sa petite-fille.

– Pardonne-moi, ma chérie, mais il fallait que je le fasse.

La jeune scientifique les regarda toutes les deux, secoua la tête et soupira :

– Oui, je suppose qu'il fallait que tu le fasses. Puisque ça s'était déjà passé, finalement…

Une autre idée germait déjà dans l'esprit de Cassandre, une idée qui lui donnait le tournis.

– Depuis que je viens ici, au village, depuis que je suis toute petite… Tu savais qui j'étais, tu l'as toujours su !

Une fois encore, Ilyana hocha la tête.

– Et tu n'as jamais rien dit ? s'indigna Cassandre en songeant à toutes ces années où elles auraient pu discuter.

Ilyana acquiesça, et il y avait du regret dans sa voix.

– Toutes ces années, je t'ai regardée grandir et devenir de plus en plus belle, de plus en plus celle que tu étais quand je t'ai connue. Chaque fois que je le pouvais, je te croisais au marché avec ta grand-mère, je prenais des nouvelles de toi auprès d'elle quand tu n'étais pas là. Si tu savais combien j'ai attendu le moment de pouvoir te parler, d'évoquer avec toi ces souvenirs, de redevenir ton amie…

Les mots jaillirent spontanément des lèvres de Cassandre.

– Mais tu n'as jamais cessé d'être mon amie, Ilyana.

Le sourire que lui rendit la vieille dame valait tous les mots.

Alors, saisissant sa main et l'entraînant vers l'escalier, elle déclara :

– Allons, viens, nous avons tant de choses à nous dire, Cassandre. J'ai une vie à te raconter, et toi, tu en as une à me faire découvrir. Dis-moi, tu aimes toujours les tartines au chocolat râpé ?

Chapitre 14

Bras dessus, bras dessous, sous le regard attendri de la scientifique, la jeune fille et la vieille femme, unies par une amitié qui transcendait le temps et les différences, disparurent au tournant de l'escalier…

Chapitre 15

Chère moi…

Chère moi,

Ça y est, je viens de faire mon exposé.

J'avais un peu le trac, mais pas pour les raisons que je pensais au départ.

Quand Mme Levasseur m'a confié ce sujet, j'ai eu peur de ne rien avoir à dire. Ça ne me parlait pas. Ça me paraissait loin, vieux, un autre monde, quelque chose qu'on devait oublier.

J'avais tort.

Cette histoire incroyable que j'ai vécue au château et au village, seules Ilyana et les pages de ce carnet la connaîtront, car personne ne me croirait. Ça m'a appris beaucoup de choses.

En premier, que la méchanceté, la haine et l'intolérance font de l'homme un animal, un loup pour les autres, comme cet officier SS et ses soldats dans le village et au château, cette nuit-là. Des loups qui, si on les laisse faire, dévorent les autres, l'espoir, la raison et le monde… Alors il ne faut pas oublier, pour ne pas laisser un nouvel Hitler, ici ou ailleurs, faire croître des sentiments empoisonnés dans le cœur des gens.

Mais s'il y a surtout une chose que m'a apprise mon étrange aventure en 1944, c'est que, même dans la plus noire des nuits, quand tout espoir semble perdu, la flamme de l'humanité continue de briller de la plus belle des manières, que l'amitié et l'amour peuvent se révéler plus forts que l'ombre des soldats et de la guerre.

Cette foi en l'humanité, en ce qu'elle a de meilleur, de plus beau, je l'ai puisée dans le regard clair d'une fille de douze ans qui, malgré les ténèbres et l'enfer qu'elle a traversés, a conservé intacte sa gentillesse, son innocence et sa confiance en l'autre… en moi.

Ilyana, mon amie.

Quand j'ai présenté mon exposé, j'avais trop de choses à dire, à faire ressentir, à faire comprendre.

J'ai dû être convaincante, parce que, quand j'ai terminé, j'en ai vu certains, dans la classe, même ce gros balourd de Diego, qui avaient les larmes aux yeux.

Je leur avais parlé de la Shoah, du ghetto de Varsovie, de ce qui s'y était passé... Je dois avouer que j'avais emprunté les mots d'Ilyana. En parlant, je m'étais replongée dans cette balade que nous avions faite jusqu'au rocher, dans les bois, cette balade où elle m'avait raconté ce qui s'était passé là-bas, dans son pays.

Je ne sais pas comment le dire, mais je pense qu'une partie des émotions d'Ilyana, ce qui m'avait bouleversée dans ses mots, a dû passer dans les miens et toucher mes camarades de classe. Je les avais rarement vus aussi attentifs, même avec Mme Levasseur, et c'est là que j'ai compris.

Ilyana, en me confiant ses souvenirs, ce qu'elle a ressenti dans ces horribles moments, ce voyage dans cet autre temps, ce temps de peur, m'a changée. Elle a fait de moi, à mon tour, une passeuse de mémoire, afin que personne, jamais, n'oublie ces terribles événements et n'aide, par sa passivité ou son indifférence, à leur retour...

Cet exposé, je l'ai terminé par la photo qui se trouvait sur la cheminée de ma grand-mère.

Je voulais leur montrer, à tous, le visage d'Ilyana.

Chapitre 15

Quand je l'ai projetée, sur le tableau interactif de notre salle de classe, il y a eu des murmures étonnés. Chloé, une de mes copines, s'est même exclamée :

– Eh ! On dirait que c'est toi sur la photo !

Mme Levasseur l'a reprise, avec la voix qu'elle a quand l'un d'entre nous sort une grosse bêtise.

– Voyons Chloé… C'est la grand-mère de Cassandre. Elle lui ressemble beaucoup, c'est tout.

Je me rappelle que Tao, un autre élève de ma classe, a répondu :

– Quand même, c'est abuser, comme on dirait que c'est elle.

– Si ça se trouve, c'est Cassandre qui a voyagé dans le temps pour faire son expo.

Il y a eu des rires. C'est Diego qui a dit ça. Il plaisantait, bien sûr. Jamais il n'aurait pu se douter qu'il venait de dire exactement la vérité.

Je n'ai pas eu à lui répondre, Mme Levasseur l'a fait à ma place, avec cette expression exaspérée qu'elle prend à chaque fois que Diego raconte une bêtise, c'est-à-dire dix fois par cours.

– Diego ! Si on pouvait voyager dans le temps, ça se saurait. (Pour appuyer ses paroles, elle s'est tournée vers moi :) N'est-ce pas Cassandre ?

Je te jure, chère moi, que j'ai vraiment dû retenir un sourire :

– Oui, madame, ça se saurait.

J'allais regagner ma place, mais elle m'a demandé en tendant le doigt vers Ilyana :

– Et cette jeune fille…

– Ilyana.

Je n'avais pas pu m'empêcher de dire son prénom, et je crois qu'il y avait quelque chose d'un peu grave dans ma voix, car Mme Levasseur m'a regardée bizarrement.

– Ilyana, oui. Sais-tu ce qu'elle est devenue ? Les Allemands l'ont-ils…

Je n'ai pas pu retenir un autre sourire, car je savais exactement ce que j'allais lui répondre :

– Pas les Allemands, madame, les SS, c'est très différent.

Pour moi, c'était important. Je me souvenais encore de ce gentil soldat au village, qui avait donné cette barre de chocolat à ce garçon, et qui m'avait dit d'aller prévenir mes amis en me laissant m'enfuir. Il m'avait fait comprendre que dans tous les pays, il y a des hommes gentils comme des méchants. C'est juste que certaines personnes, certaines idées, empoisonnent le cœur des faibles et les transforment en monstres, et que cela peut arriver aussi bien en France qu'en Allemagne ou ailleurs.

– Si tu veux, Cassandre, les SS, m'a dit Mme Levasseur.

– Et, non… dans la région, on raconte qu'une étonnante dame blanche l'a sauvée ce soir-là… (Mme Levasseur m'a lancé un regard surpris, je n'aurais peut-être pas dû, mais j'ai ajouté :) Mais ça, c'est une autre histoire.

Cette histoire, c'est celle que je viens de te raconter… et que je garderai pour moi seule, pour moi et Ilyana.

Et maintenant je te laisse, j'ai un rendez-vous… avec une très chère amie.

Cassandre reposa son stylo et referma son carnet.

Elle lança un regard vers la fenêtre de sa chambre, à l'étage de la maison de sa grand-mère.

Le village était là, semblable à lui-même et, n'était-ce la petite cité où elle se trouvait et quelques bâtiments récents, il n'avait guère changé depuis ce jour de 1944 qui l'avait transformée.

Son regard suivit la route qui partait du village en direction des montagnes. Il fila le long du flanc boisé de la colline pour rencontrer enfin la haute et martiale silhouette du château qui émergeait des arbres en camaïeu d'automne.

Ses doigts se portèrent à son cou, sur la chaînette en or et le petit chandelier à sept branches qui y était accroché, ce cadeau que lui avait offert Ilyana, il y avait soixante-dix-huit ans.

Un sourire étira ses lèvres.

Sautant de son lit, elle attrapa sa doudoune, ouvrit la porte, sortit de la chambre, dévala l'escalier, traversa le séjour et sur un: «À plus tard, Mamie, je sors», enfourcha son vélo et fila en direction du château et de son amie…

Son amie au-delà du temps.

Quelques notions d'Histoire...

Le régime nazi

Le régime nazi est un régime politique au pouvoir en Allemagne de 1933 à 1945. Il est dirigé par Adolf Hitler qui, après avoir été nommé chancelier (l'équivalent allemand de Premier ministre), met en place un État dictatorial et totalitaire[1] en fusionnant les fonctions de chancelier et de président. Il obtient ainsi les pleins pouvoirs et se fait appeler « Führer » (guide).

Le régime nazi repose sur le racisme (l'idée que certains groupes humains sont supérieurs aux autres), la croyance en la supériorité de la race aryenne (celle des peuples nordiques, grands blonds aux yeux bleus), l'antisémitisme (la haine des Juifs) et la création d'un « espace vital » (un territoire) pour le peuple allemand.

---

1. Un régime autoritaire qui ne tolère aucune opposition et où le pouvoir est concentré dans les mains d'une seule personne (un dictateur).

La Shoah

Le mot « Shoah » signifie « Catastrophe » en hébreu. On emploie aussi le terme « Holocauste ». Il désigne la politique d'extermination du peuple juif, considéré, par le régime nazi, comme une race inférieure et un ennemi irréductible de l'Allemagne.

Les Juifs, dans les pays envahis par l'Allemagne pendant la Seconde Guerre mondiale, en particulier les pays de l'Est, comme la Pologne, sont tout d'abord enfermés dans des ghettos (des quartiers fermés comme des prisons) dans des conditions effroyables, puis exécutés en masse par balles par des commandos spéciaux, les *Einsatzgruppen*, chargés de les exterminer.

Pire encore, le régime nazi, dirigé par Hitler, met en place dès 1941 des camps de travail forcé, où les Juifs, sous-alimentés et exploités, doivent travailler jusqu'à la mort.

Comble de l'horreur, le régime nazi construit des « camps d'extermination », de véritables usines à tuer les gens, où les Juifs, hommes, femmes et enfants, sont assassinés dans des chambres à gaz puis brûlés dans des fours crématoires pour se débarrasser des corps.

C'est la première fois, dans l'histoire de l'humanité, qu'on utilise des méthodes industrielles dans l'unique but d'assassiner tout un peuple.

Au total, pendant la Seconde Guerre mondiale, ce sont environ six millions de Juifs, soit les deux tiers des Juifs d'Europe et 40 % des Juifs du monde, qui disparaissent par la faute du régime nazi.

Cette horreur a conduit, après la guerre et la chute du régime nazi, à la création de la notion de « crime contre l'humanité » dans le droit international, punissant les actes « imprescriptibles[1] » commis durant les guerres, en particulier contre des populations civiles.

Le ghetto de Varsovie

En septembre 1939, l'armée allemande attaque la Pologne et occupe Varsovie, sa capitale.

À peine arrivés, les nazis commencent à persécuter les Juifs en les forçant tout d'abord à porter une étoile bleue pour mieux les identifier, en leur interdisant

1. Qu'on ne peut pardonner, même après des années.

de prendre le train, en confisquant leur radio, en marquant leurs magasins…

En octobre 1940 est créé, au cœur de la ville de Varsovie, le « quartier juif » que l'on va fermer et entourer d'un mur et de fils de fer barbelés, comme une prison. On y entassera, dans des conditions terribles, jusqu'à 439 000 Juifs.

Du fait des conditions de vie effroyables (manque de nourriture, de médicaments, de combustible pour le chauffage), on estime que plus de 80 000 personnes sont mortes dans le ghetto de Varsovie (de malnutrition, de froid ou à cause de maladies comme le typhus ou la tuberculose) entre novembre 1940 et juillet 1942.

En 1942, on annonce aux Juifs qu'ils vont être déplacés. Les soldats allemands raflent 6 000 à 8 000 personnes par jour. En fait, les Juifs sont envoyés dans le camp d'extermination de Treblinka d'où ils ne reviendront pas.

La dernière de ces rafles, destinée à déporter les ultimes Juifs présents dans le ghetto, se heurtera à un soulèvement désespéré qui durera un mois.

La Waffen-SS

La *Waffen-SS*, dont le seul nom inspirait la peur dans toute l'Europe, comprend les troupes de choc fanatiques de l'Allemagne nazie de la Seconde Guerre mondiale, appartenant à la *SS* (*Schutzstaffel* – en allemand « escadron de protection »), une énorme organisation qui est presque une sorte d'État dans l'État.

La *Waffen-SS* se distingue de l'armée régulière de l'Allemagne (la *Wehrmacht*) par le nombre de crimes, de tueries et de barbaries qu'elle a commis dans toutes les régions qu'elle a occupées pendant la Seconde Guerre mondiale.

En France, par exemple, on peut citer le village d'Oradour-sur-Glane, dont tous les habitants ont été tués par la division SS *Das Reich* le 10 juin 1944, mais aussi les pendus de Tulle (99 personnes) et beaucoup d'autres encore…

Le voyage dans le temps

Il est question, dans cette histoire, de voyage dans le temps.

Il s'agit là d'un classique de la littérature et du cinéma de science-fiction.

En littérature on peut citer *La Machine à explorer le temps*, de H. G. Wells, où le héros se déplace dans le futur lointain pour découvrir un Londres bien étonnant.

Parmi tant d'autres œuvres se détache aussi *La Patrouille du temps* de Poul Anderson où une espèce de « Police du temps » est chargée de veiller à ce que personne n'altère les événements importants de l'histoire.

Récemment, ce thème a été repris par Alex Scarrow dans la série *Time Riders* où trois adolescents sont recrutés par un homme mystérieux pour servir de « gardiens du temps ».

En bande dessinée, on ne peut bien sûr faire l'impasse sur la série *Valérian et Laureline agents spatiotemporels* où les deux héros se déplacent régulièrement dans le temps pour empêcher des malfaiteurs de modifier l'histoire de ce monde…

Et ce ne sont là que quelques exemples parmi tant d'autres.

Dans le cinéma, on peut citer des films comme *Retour vers le futur* où le héros, revenu en arrière dans le temps, va bousculer sa propre vie en empêchant involontairement ses parents de se rencontrer…

Ou bien encore *Terminator*, où un méchant robot, venu d'un futur où les machines exterminent les humains, revient à notre époque pour tuer la mère du chef de la résistance humaine et l'éliminer avant sa naissance pour changer l'histoire du futur…

À la télé, on peut aussi évoquer la série *Doctor Who* dont le héros voyage dans le temps et l'espace, ou encore *Star Trek* (aussi bien les films que la série) où le thème du voyage dans le temps est souvent exploité, ou bien encore *Code Quantum*, dont les personnages sautent d'époque en époque… et tant d'autres…

Le voyage dans le temps est-il possible ?

Pas en l'état actuel de nos connaissances et de notre technologie en tout cas.

Depuis la théorie de la relativité générale d'Einstein, on sait que le temps et l'espace sont liés et que certaines équations permettraient de voyager dans le temps… théoriquement.

Car pour cela, il faudrait maîtriser une technologie dont nous ne disposons pas.

Mais le voyage dans le temps, même s'il était possible techniquement, pose aussi un autre problème : celui du paradoxe temporel.

L'exemple le plus classique est le suivant.

Un voyageur temporel retourne dans le passé grâce à un procédé ou à un autre. Là, il rencontre son grand-père, et sans le faire exprès, provoque la mort de ce dernier avant qu'il n'ait pu rencontrer sa grand-mère.

Ses grands-parents ne s'étant pas rencontrés, le voyageur ne peut donc pas exister… mais dans ce cas, il ne peut pas être revenu dans le passé pour tuer son grand-père…

Ce « paradoxe temporel » prouverait que le voyage dans le temps est impossible. C'est pour cette raison que le père d'Ilyana conseille à Cassandre de ne pas descendre au village, pour ne pas risquer de causer de paradoxes temporels en rencontrant des gens de son passé ou en interagissant avec eux… en particulier sa grand-mère.

Mais certains chercheurs, en se basant sur les dernières avancées en *mécanique quantique*, envisagent qu'à partir d'un tel événement, l'histoire pourrait se diviser en plusieurs histoires qui cohabiteraient dans des univers parallèles (dans l'un d'entre eux par exemple, la météorite qui a causé l'extinction des dinosaures ne serait pas tombée sur terre et les dinosaures auraient continué d'évoluer… dans cette réalité-là, nous aurions plus d'écailles…). Le problème serait dès lors réglé et le voyage dans le temps rendu possible. Notre réalité ne serait qu'une parmi des milliers.

Bien sûr, tout cela est très théorique, et en l'état actuel de nos connaissances, le voyage dans le temps est encore techniquement impossible… Mais, sait-on jamais ?

Dans ce roman, Cassandre voyage dans le temps, mais elle ne modifie pas le passé puisqu'on parle déjà de la dame blanche au début de l'histoire, et qu'Ilyana a bel et bien disparu lors de cette nuit au château. L'intervention de Cassandre était donc déjà « enregistrée » dans l'histoire… la preuve, sa photo est sur la cheminée de sa grand-mère dès le début du récit.

C'est ce qui est merveilleux dans l'écriture : les seules limites sont celles… de notre imagination.

© Benjamin Carré

Sud de la France, 2120. En à peine cent ans, la pollution, la montée des eaux et les mutations génétiques ont ravagé le pays. Dans la cité lacustre d'Aigues-Mortes, Jal et Lyonh survivent tant bien que mal entre les combats d'arène, la mafia locale et une nature hostile. Le jour où ils trouvent une jeune fille endormie dans l'épave d'un véhicule accidenté, ils décident de la protéger.
Qui est-elle ? D'où vient-elle ? Sans avoir le temps de répondre à ces questions, le sauvetage de la mystérieuse Yoko les entraîne dans les pires dangers et fait basculer leur vie à tout jamais…

13, rue de l'Odéon
75006 Paris
www.didier-jeunesse.com
Illustrations : Sophie Leullier
Graphisme des bonus : Éléonore Joubaire
Composition, mise en pages et photogravure : IGS-CP (16)
ISBN : 978-2-278-12260-8 • Dépôt légal : 2260/02
N° d'impression : 2403010
Loi n° 49-956 du 16 juillet 1949 sur les publications destinées à la jeunesse

Achevé d'imprimer en France, à Alençon, en juillet 2024, chez Normandie Roto Impression s.a.s., imprimeur labellisé Imprim'Vert, sur papier composé de fibres naturelles renouvelables, recyclables, fabriquées à partir de bois issus de forêts gérées durablement.